Charlotte Halink

Schwierige Pferde – Schwierige Menschen

Pferdegeschichten

Charlotte Halink

Schwierige Pferde – Schwierige Menschen

Pferdegeschichten

edition fischer

im

R. G. Fischer Verlag

Dank an *Ellon*, den Vollblutaraber, der gar nicht schwierig, dafür aber ein feines Pferde-Fotomodell ist. Dank seinen Besitzern, Herrn *Hermann Strodtkötter* und *Frau Agnes* aus Meppen (Ems), die mir so bereitwillig Fotomaterial zur Verfügung gestellt haben.
Dank an meine Freundin, Frau *Edith Heinemann*, Frankfurt/Main-Rödelheim, die mich zum Schreiben ermutigte und meine Manuskripte korrigierte. Dank an meinen Ehemann, der mir seelische Unterstützung gab und auch nicht andeutungsweise eifersüchtig auf die Schreiberei ist.
Und natürlich Dank an all die Pferde, die noch immer durch meine Träume galoppieren und mich zu den Erzählungen inspiriert haben.

Die Deutsche Bibliothek – CIP-Einheitsaufnahme

Halink, Charlotte:
Schwierige Pferde – Schwierige Menschen :
Pferdegeschichten / Charlotte Halink. –
Frankfurt (Main) : R. G. Fischer, 1995
(Edition Fischer)
ISBN 3-89501-114-2

Satz: Satzservice Chr. Meyer, München
Schriftart: Garamond 11'n
Fotograf: Hermann Strodtkötter, Meppen
Druckerei: Heinz Spengler, Frankfurt
Printed in Germany
ISBN 3-89501-114-2

„Wir versuchen aber, es so zu sehen, als ob die Pferde die ihnen abverlangten Leistungen gern erbringen – sozusagen aus Liebe zu uns. Die Pferde dagegen bemühen sich oft, uns begreiflich zu machen, daß sie diese unbequemen und anstrengenden Übungen nicht mögen und daß sie nicht verstehen, warum wir das alles von ihnen verlangen – wo wir doch vorgeben, sie zu lieben."

C. Halink

Die Begegnung

Die größte Freude meiner Kinder und von mir sind unsere zwei Ponys. Ich arbeite halbtags im Büro, damit wir uns diesen Luxus leisten können. Gerade kürzlich ist mein Mann sogar Vorsitzender unseres kleinen Reitervereins geworden.
Als ich in der Firma einmal über unser Hobby sprach, erzählte eine ältere Kollegin, die nur vorübergehend zur Aushilfe hier arbeitete, daß sie selbst ebenfalls viele Jahre geritten sei und eigene Pferde gehabt hätte. In wenigen Minuten waren wir in ein angeregtes Gespräch vertieft. Die Frau hatte wirklich Ahnung, das mußte ich ihr lassen.
„Und was ist jetzt? Reiten Sie nicht mehr?“ fragte ich schließlich.
„Nein, ich habe es vor einigen Jahren aufgegeben. Eines Morgens wachte ich auf und fragte mich, warum ich eigentlich mein ganzes Geld und meine ganze Kraft in die Pferde investierte. Ich war einfach darüber weg – unglaublich, aber wahr. Fast dreißig Jahre hab ich mich für fast nichts anderes interessiert, so besessen war ich von Pferden – und plötzlich war es vorbei. Ich verkaufte meine letzte und liebste Stute, Flieder hieß sie, und bereute es keinen Augenblick. Noch kurze Zeit zuvor meinte ich, daß mir das das Herz brechen würde.“
„Aber wie ist so etwas möglich?“ fragte ich erstaunt.
„Ach wissen Sie, das ist so schnell nicht zu erklären. Haben Sie Lust, Bilder von meinen Pferden anzusehen? Kommen Sie doch einmal abends vorbei. Wie wäre es morgen? Da haben wir beide früher Feierabend, und ich habe nichts vor. Sie wissen doch, ich wohne gleich hier schräg gegenüber.“
Sie nannte mir die Nummer des Hauses, und ich sagte zu, erfreut über die willkommene Abwechslung.

Interessiert sah ich mich in dem kleinen, etwas unordentlichen Raum um, in dem die Frau wohnte.

„Entschuldigen Sie das Chaos, aber dieses Zimmer habe ich nur für drei Monate gemietet, die ganze Einrichtung gehört mir nicht. Dazwischen haben meine Sachen kaum Platz. Mein Problem ist, daß ich unfähig bin, seßhaft wie andere Leute zu leben. Ich kann einfach nicht länger an einem Ort bleiben. – Kommen Sie! Helfen Sie mir eben, diesen Karton von dem Schrank zu hieven!"

In dem Karton befand sich ein wildes Durcheinander von Briefumschlägen, Papieren und etlichen Fotoalben.

„Wir werden mit diesem Album anfangen." Sie hob eines heraus, das mit farbigen Vögeln bedruckt war. „Hierin sind viele Pferde, die ich geritten habe, und alle, die ich besaß, in buntem Durcheinander eingeklebt, während die anderen Ordner jeweils nur die Bilder eines meiner eigenen Pferde beinhalten. Die schauen wir uns dann später an, falls Sie noch Lust haben."

Sie brachte mehrere dicke Alben zutage und legte sie auf die Seite.

„Sie müssen aber ganz schön reich gewesen sein, um sich all die Pferde leisten zu können", bemerkte ich halb bewundernd, halb zweifelnd.

Sie lachte. „Nein, Geld besaß ich ja gerade wegen der Pferde nicht. Sehen Sie hier, den kleinen Connemarawallach? Ich nannte ihn Condor. Seine Züchterin brauchte den Platz für das nächste Fohlen, das seine Mutter erwartete. Deshalb mußte sie ihn verkaufen. Er war so klein und schmal. Niemand wollte ihn, und ich hatte überhaupt kein Geld, ihn zu bezahlen. Wir einigten uns schließlich auf Raten, die ich in einem Jahr abstotterte.

Wissen Sie, ich komme eigentlich aus ganz ärmlichen – Sie können ruhig sagen asozialen – Verhältnissen. Aber aus irgendeinem Grunde habe ich mich als Kind in Pferde verliebt. Wahrscheinlich, weil ich keine Familie hatte und mich nach Geborgenheit und Zuneigung sehnte.

Pferde verkörpern Vater und Mutter in einem. Sie sind Sanftmut und Kraft zugleich. Ich verdanke den Tieren so viel –

praktisch meine ganze Persönlichkeitsentwicklung –, ich weiß nicht, was aus mir geworden wäre, hätte ich nicht diese geradezu fanatische Sehnsucht nach den Pferden gehabt.
Angefangen hat es damit, daß ich als Kind ein paar Jahre in einem Waisenhaus zugebracht habe. Damals las ich nur von Pferden, träumte von Pferden, sprach von Pferden. Wahrscheinlich bin ich jedem damit auf die Nerven gegangen.
Eines Tages rief mich unsere Heimleiterin zu sich. 'Hör mir mal gut zu', sagte sie, 'du redest immerzu nur von Pferden. Träumst von ihnen. Das ist nicht gut für dich. Bilde dir doch keine Schwachheiten ein. Pferde – merk dir das – sind Luxusgeschöpfe. Nur reiche Leute aus gehobenen Kreisen können Pferde besitzen und reiten. Du gehörst nicht zu diesen Leuten, du bist arm. Schlag dir deshalb den Unsinn aus dem Kopf.'
Es mag ja sein, daß sie mir helfen, mich vor Enttäuschungen bewahren wollte, doch merkwürdigerweise hatte ihr Appell an mich genau die entgegengesetzte Wirkung. Zwar hörte ich ihr demütig zu und nickte gehorsam mit dem Kopf, aber ich dachte: Was immer du und andere Leute sagen werden – ich *werde* Pferde reiten, ich *werde* Pferde besitzen.
Nun – sehen Sie, ich habe Pferde geritten und welche besessen. Zumindest eines habe ich dadurch gelernt: Wenn man etwas wirklich will, kann man es auch erreichen – nur ob es dann so ist, wie man es sich vorstellt, ist wiederum eine andere Sache."
„Oh, ist das Pferd schön!" rief ich angesichts eines Fotos, auf dem ein wundervolles rotgoldenes Pferd mit wehendem blondem Schweif und ebensolch heller langer Mähne reiterlos einhergaloppierte. „Was ist aus ihm geworden, haben Sie es verkauft?"
„Leider nein. Ich mußte es töten lassen. Möchten Sie seine Geschichte hören? Es ist Granat, Devikhas zweites Fohlen."
Die Frau seufzte. „Von ihm habe ich die bittersten Lektionen erhalten, und er hat wohl am meisten dazu beigetragen, daß ich heute keine Pferde mehr reiten mag."

Sie begann, von ihrem merkwürdigen Leben zu erzählen, und von den Pferden, die darin eine so große Rolle gespielt hatten. Gebannt lauschte ich ihr und sah mir die entsprechenden dazugehörigen Fotos an.

Es war reichlich spät, als ich mich verabschiedete und sehr, sehr nachdenklich nach Hause fuhr.
Als ich im Bett lag, wurden die bunten Fotos vor meinem inneren Auge lebendig. Ich sah Pferde in allen Farben, wie sie sich bewegten, trabten, galoppierten, während meine Ohren immer noch die Stimme der Frau zu hören vermeinten. Ihre Geschichten waren ganz anders als alles, was ich bisher von Pferden gehört hatte.
Sie erzählte von schwierigen Pferden und schwierigen Menschen: Vom Schecken Bastion, der zum Brennpunkt aller psycho-sozialen Probleme der ihn umgebenden Menschen wurde. Vom liebenswerten Condor, der Schwierigkeiten machte oder hatte, weil er ein Hengst war, und der beinahe das Opfer eines Racheaktes gegen seine Besitzerin wurde. Von Kali, dem bösartigen Pferd des Reitlehrers. Von den Wünschen und Träumen der Menschen nach Sieg und Erfolg durch die Pferde. Aber meistens kommt es eben doch anders, obwohl man fast nur Erzählungen liest von Gewinnern. Dabei muß es ja insgesamt nun wirklich mehr Verlierer als Sieger geben.

In dieser Nacht keimte in mir die Idee, über dieses seltsame Leben und die dazugehörigen Pferdegeschichten zu schreiben. Ob die Frau mir wohl erlauben würde, über sie zu berichten? Gleich am nächsten Arbeitstag sprach ich sie an.
„Das ist eine gute Idee, ja wirklich, schreiben Sie darüber, schreiben Sie etwas anderes als die üblichen stereotypen Sieggeschichten!“ rief sie spontan, „ich wünsche Ihnen Erfolg damit.“

Gleich abends machte ich mich an die ersten Zeilen. Ihre Stimme immer noch im Ohr, versuchte ich, alles genauso aufzuschreiben, wie es in meinem Gedächtnis nachhallte.

Das Gewitter

Immer noch war es trocken und heiß – nun seit fast vier Wochen –, als wir Condor und Devikha sattelten. Über uns hing eine Dunstglocke aus dem Staub, der durch den Ostwind in die Luft gewirbelt worden war. Nach so langer regenloser Zeit konnte von klarem Wetter keine Rede mehr sein. – Oder sollte sich das Wetter doch ändern?
Meine Schwester Traudel und ich schüttelten diesen Gedanken ab und saßen auf. Augenblicklich kam es auf jeden Tag an, den wir trainieren konnten. Zwei- bis dreimal die Woche mußten wir unsere Strecke abtraben, sonst würde Devikha nicht fit sein für ihren ersten Distanzritt von 30 Kilometern, der in zwei Wochen stattfinden sollte.
Traudel wünschte sich sehnlichst, an Distanzritten teilnehmen zu dürfen, aber leider war ihr verläßlicher und bisher so widerstandsfähiger, kräftiger Welsh-Cob-Wallach Bube an chronischem Husten erkrankt. Und andererseits, warum sollte meine etwas dickliche neunjährige Devikha nicht in der Lage sein, eine solche Strecke zu bewältigen?
Condor, der Brave und Eiserne, war erst vier Jahre alt. Außerdem hatte er einen sehr schlechten Schritt.
Devikha dagegen besaß zu allen ganglichen Vorzügen auch noch den Vorteil, sich wunderbar weich und bequem zu sitzen. Lediglich ein kleiner Haken war daran. Devikha nämlich durfte nicht galoppieren. Dann regte sie sich auf und begann, unangenehm zu pullen.
Auf gar keinen Fall wollte ich sie wieder in dem nervlichen Zustand sehen, in dem sie war, als ich sie kaufte. Vollkommen verrückt und auch mit allergrößter Mühe nicht zu bremsen, rannte sie alles über den Haufen, was sich ihr in den Weg stellte.
Als ich kurz nach dem Kauf und unserem fürchterlichen Proberitt beim Händler erstmals wieder aufsaß, konnten selbst drei Helfer den „fliegenden Start“ nicht verhindern. Aber ich

hatte vorgesorgt und ihr einen Pelham mit Gummigebiß verpaßt. Aufgesessen war ich - gegen jede Regel - auf unserer langgestreckten Wiese, damit ich Platz genug zum sanften Parieren hatte.

Während also Devikha im Galopp lossauste, suchte mein rechter Fuß den Bügel, und ich setzte mich im Sattel zurecht. Dann - kurz vorm Rande des Wäldchens, das die Weide begrenzte - zupfte ich vorsichtig, immer wieder auf jede Reaktion der Stute hin nachgebend, an den Zügeln. Ein Pelham mit Kinnkette kann ein Pferd so erschrecken, daß es in Angst und Panik steigt und sich möglicherweise überschlägt. Solch eine Zäumung muß deshalb mit allergrößter Vorsicht gehandhabt werden.

Doch das Wunder trat ein. Kopfschlagend verlangsamte die Stute. Sie merkte, daß sie weder durch Sich-aufs-Gebiß-Legen noch durch Kopfhochwerfen Erleichterung im Maul bekam. Nur Langsamerwerden nützte, denn dann gab ich die Zügel sofort hin.

Nach wenigen halben und ganzen Paraden lenkte ich im Schritt aus der Weide heraus auf den Wiesen- und Feldweg, der uns in zehn Minuten um das dörfliche Anwesen führte.

Die neunjährige Dunkelbraune war reiterfahren - und ich hatte trotz ihrer Pullerei Vertrauen zu ihr. Alles ging wunderbar. Kaum im Gelände, beruhigte sie sich vollkommen. Entspannt griff sie mit fleißigen, geräumigen Schritten aus. Meine Güte, wie weich ihr Rücken schwang, als ich sie antrabte. Nie habe ich auf einem bequemeren Pferd gesessen.

Doch dann wurde es mir doch mulmig zumute. Warum zum Teufel mußte ich so ein Pech haben? Ausgerechnet jetzt kam uns ein lärmender Traktor entgegen.

Was sollte ich tun? Gehetzt blickte ich um mich. Wohin konnte ich noch ausweichen? Umkehren und die Flucht ergreifen wäre pädagogisch vollkommen falsch gewesen.

Während ich noch fieberhaft überlegte, fiel mir auf, daß Devikha vollkommen ruhig stehengeblieben war und gelassen der landwirtschaftlichen Maschine entgegensah. Konnte das

sein? War diese angeblich bis zur Unreitbarkeit verrückte Stute tatsächlich völlig verkehrs- und geländesicher?
Sie war es. Mit anderthalb Metern Abstand fuhr der Traktor an dem nun wieder in gleichmäßigem Schritt am langen Zügel daherschreitenden Pferd vorbei. Strahlend grüßte ich den Bauern, der ebenfalls die Hand hob, bewundernd ob dieser Pferdeschönheit die Brauen hob und den Mund spitzte, während mein neues Pferd Devikha weder auswich noch zackelte.
Wie sich später herausstellte, gab es nichts, was sie aufregte, außer Galopp, Reitbahnen und bunten Hindernissen. Kein noch so lärmender Mähdrescher, kein Hupen, keine blendenden Scheinwerfer oder auch alles zusammen konnten ihr Angst einflößen. Sie wurde das angenehmste und verläßlichste Spazierreitpferd, das ich jemals geritten habe.

Deshalb also trainierten wir sie im Trab. Ausgehend von einem ganz, ganz kurzen Tempo, wie ein alter General es mich einmal zur Entspannung der Pferde gelehrt hatte, steigerten wir dann zu einem ruhigen, lockeren Arbeitstrab.
Inzwischen waren die Atemwerte von Devikha dabei recht gut, sie schwitzte nicht mehr, und die anfänglich mit drei Stunden angesetzte Strecke trabten wir jetzt schon in zweieinhalb. Was sollte da noch schiefgehen?

Schnaubend traten unsere Pferde aus dem Wäldchen heraus und trabten an dieser Stelle beinahe ohne Aufforderung an, während wir, etwas überrumpelt, die zuvor hingegebenen Zügel aufnahmen und das Tempo verkürzten.
Längst hatten auch wir uns an das stundenlange Leichttraben gewöhnt. Zur Schonung der Pferde saßen wir jedoch alle fünf Minuten um oder auch mal für eine Weile aus. In diesem verkürzten Trabtempo kann man einfach alles machen, was sich sonst für Reiter verbietet: Träumen, reden, diskutieren oder auch streiten.
Schmalste Grünstreifen lassen sich mühelos bereiten, kleinere Pflastersträßchen können im Trab bewältigt werden, ohne

daß die Pferde ins Rutschen kommen. Stets ist man wendig, kann jederzeit in jede Richtung ausweichen.
Trab, trab, trab, trab, klapp, klapp, klapp, klapp. Längst hatte die linke Hand das Ende des Zügels gefaßt und sich auf den Mähnenkamm gestützt, während der rechte Arm lose herunterhing oder auf dem Oberschenkel aufgesetzt war.
Trab, trab, trab, trab, klapp, klapp, klapp, klapp. Wir ließen den wunderbaren schattigen Waldweg hinter uns, überquerten ein kleines Sträßchen und trabten eine leichte Anhöhe hinauf. Da lag vor uns auch schon die große Bundesstraße. Anhalten ist für jeden Dauerläufer schlecht, deshalb bogen wir, wie gewohnt, rechts auf den Seitenstreifen ein und kreuzten, als gerade kein Auto kam, die Fahrbahn. Noch hundert Meter Radweg, dann erreichten wir einen hellen, sonnenlichtdurchfluteten Birkenwaldweg, der uns von der Straße wegführte mitten in ein Landschaftsschutzgebiet.
Der Duft der Birkenblätter und der Blüten drang in unsere Nasen. Tief atmeten wir ein und verstummten – wie jedesmal, wenn wir hier waren. Liegen da doch die Ehrfurcht einflößenden alten Hünengräber, eins davon das Königsgrab, errichtet vor ungefähr 4.000 Jahren.
Die Landschaft ist wunderschön. Von der Straße hörte man kaum noch etwas. Lediglich Vogelgesang und Bienengesumm drangen in unsere Ohren. Dazu das dumpfe Geräusch der trabenden Hufe auf dem federnden Waldboden, das Knarren von Sattel und Zaumzeug und hin und wieder ein Schnauben unserer Pferde.
Auch den Birkenwald mit seinen alten Gräbern ließen wir hinter uns, als wir in einen Wiesenweg einbogen, der uns in offenes Flachland führte, wo nur ganz wenige Bäume standen, hier und da sahen wir vereinzelt entfernte Gehöfte. Auf einem Acker kreiste ein Traktor, staubaufwirbelnd, einen Schwarm Möwen hinter sich herziehend.
Der Himmel verfärbte sich langsam in ein fahles Gelb. Staub und Dunst wirkten jetzt fast greifbar, kein Lüftchen wehte mehr.

Unverdrossen trabten Condor und Devikha, jedoch hatten wir das Tempo noch etwas gedrosselt, damit die Pferde nicht schwitzten. Dieser kurze Trab war wirklich segensreich. Keine Fliegenschwärme, sonst vom Pferdeschweiß angezogen, fielen über uns her.

Fast bedauernd bogen wir – einen großen Bogen schlagend – wieder nach links ein. Rechts, hinter diesen Feldern, liegen die Hügelgräber, noch ältere Bestattungsstellen unserer Vorväter. Eine natürliche hügelige Landschaft, mit struppiger Heide bewachsen und wenigen Birken bestanden.

Wir aber mußten unsere Route einhalten. Irgendwann später, nach dem Distanzritt, würden wir einen ganzen Tag freinehmen und dorthin reiten. Vielleicht fänden wir einen Hof, der unsere Pferde für zwei Stunden auf einer Koppel ausruhen ließ, während wir in einer Dorfgaststätte schmausten?

Ich schwärme fürs Wandern – ob zu Fuß, zu Pferd oder mit dem Fahrrad. Hauptsache irgendwohin. Immer wieder bin ich überrascht, wie weit man doch mit eigener Muskelkraft kommen kann – oder mit der Kraft der Pferde. Es ist für mich vorstellbar, ganz Deutschland zu durchwandern oder zu durchreiten. Mit Pferden ist da allerdings das Problem der Unterbringung.

Einen Augenblick versank ich ins Tagträumen. Überall Wanderreitpunkte, einer davon gehörte mir. Ein Hof mit Boxen, Ausläufen und Weiden, ein paar Zimmer für Gäste ...

Seufz, leider fehlte mir das nötige Kleingeld.

Schon hatten wir den Wald wieder erreicht. Diesmal ließen wir die Hünengräber links liegen. Es war dunkel und fast kühl auf diesem sandigen Weg. Überhaupt hatte sich die Sonne jetzt gänzlich versteckt.

Ob es gewittern würde? Meine Schwester schaute besorgt, während ich ungerührt blieb. Was konnte mir ein Gewitter schon anhaben? Weder Condor noch Devikha noch ich waren aus Zucker. Im Gegenteil, so ein richtig erfrischender, kühler Guß müßte sich wunderbar anfühlen. Warum regte sich Traudel nur so auf?

Trab, trab, trab, trab, klapp, klapp, klapp, klapp. Der Weg wurde fester, ein wenig steinig, wir näherten uns der Straßentrasse.

Die Bundesstraße lag verlassen da. Kein Motorengebrumm war näher oder ferner zu hören. Einen kurzen, wundervollen Moment lang überkam mich das Gefühl, ganz allein auf der Welt zu sein und irgendwo zurückversetzt in weite, graue Vorzeit – nur die Natur, die Tiere und ich.

Während die Hufe der Pferde das Pflaster betraten, empfing uns eine kleine, wirbelnde Böe. Hinter uns der Wald, vor uns Birken und Büsche rauschten laut auf, wiegten und schüttelten sich und winkten sich gegenseitig zu. Alte braune Blätter vom vorigen Jahr flatterten wie aufgescheuchte Vögel kreiselnd über den Weg, den Condor und Devikha jetzt betreten hatten.

Vor uns lag wieder weites, freies Feld, am Horizont hinten rechts sahen wir den Wald, an dem wir entlang und durch den wir schließlich hindurch mußten, um zurück zum Stall zu kommen. Zwei Drittel unserer Route hatten wir bereits bewältigt.

Für einen Augenblick hatte sich das Wetter wieder beruhigt. Die Sonne kam von irgendwoher – und verschwand doch im Nu wieder, während uns von hinten ein heftiger Wind traf. Der Himmel war dunkelgrau auf der einen Seite und fahlgelb auf der anderen, dann veränderte sich das Licht, wurde weißlich, während weit hinten der erste Blitz zuckte.

Entzückt zog ich den Geruch des Windes ein und schnupperte einen Hauch von Regen. Mein Herz hüpfte vor Entzücken, denn ich liebe Unwetter und Sturm.

„Juchhuuuh!“ jubelte ich – sonst eher zurückhaltend bis steif – in alle vier Himmelsrichtungen.

„Komm! Wir müssen uns beeilen!“ rief Traudel.

Ich wandte mich ihr zu und sah ihr angstvolles Gesicht, mich verständnislos anstarrend.

„Was ist denn, was hast du denn nur, es ist doch faszinierend schön!“ rief ich ihr durch den Wind zu.
„Bist du verrückt? Wir können vom Blitz erschlagen werden.“
„Wieso das denn? Wieso denn ausgerechnet wir? Meinst du nicht, daß da jede Menge Platz ist für Blitze, auch sonstwo einzuschlagen?“ fragte ich verblüfft und ungläubig.
„Hah, hast du eine Ahnung. Reiter sind ganz besonders gefährdet. Pferde stehen nämlich über sehr viel Boden und sind deshalb häufige Ziele von Blitzen. Im vergangenen Jahr hat es draußen auf einem Feld wie diesem eine Gruppe von sieben Reitern erwischt – alle tot. Außerdem war da das Paar in Süddeutschland . . .“
Traudel wußte eine unglaubliche Anzahl Geschichten von vom Blitz erschlagenen Leuten. Langsam sickerten ihre Argumente nun auch in mein Gemüt. Wahrscheinlich hatte sie recht. Sie ist stets besser informiert als ich. Aber was konnten wir tun?
„Wir sind doch bald zu Hause, schau, nur noch zehn Minuten, und wir haben den Wald erreicht“, versuchte ich sie zu beruhigen.
Statt einer Antwort von ihr grollte der Donner nun lauter heran, und die ersten großen, nassen Tropfen zerplatzten auf unserer Haut.
„Schnell! Wir müssen uns beeilen!“ Der bleiche, angstvolle Gesichtsausdruck meiner Schwester brachte mich nun mehr in Panik, als es das Wetter um mich herum gekonnt hätte.
„O.k., dann laß uns also zulegen.“ Gegen meine Bedenken ließen wir die Pferde im Tempo beschleunigen. Aus dem lokkeren Arbeitstrab wurde nun ein forcierter – ja schließlich ein starker Trab.
Wenn das nur gutgeht, dachte ich zweifelnd, das ist für Devikha zu anstrengend. Ihre Hinterfessel ist nicht stark genug, sie hat eine alte Verletzung, eine Schale (Knochenauftreibung). Auch ist sie tragend. Oder bin ich mal wieder zu ängstlich – wie stets überbesorgt um die Pferde?

Immerhin – mir machte die verdoppelte Geschwindigkeit bei diesem stürmischen Wind und den wenigen, dicken Regentropfen noch mehr Spaß. Weit griffen die Pferdebeine aus, während der Trabrhythmus sich sogar verlangsamte – traaab – traaab – traaab – .

Gierig zog ich die Luft ein, wenn mir nicht heftiger Gegenwind überhaupt den Atem verschlug. Ich wäre sogar galoppiert, wenn wir nicht Devikhas wegen darauf hätten verzichten müssen.

Wir ritten den Waldrand entlang, und im Sauseschritt erreichten wir bald den dichten Wald. Den Sturm hatten wir hinter uns gelassen. Hier war es fast unheimlich ruhig und dämmerig zwielichtig. Irgendwo rauschte Regen auf Blätter, aber kein Tropfen drang durch. Die Pferdehufe erzeugten nun ein dumpfes, pochendes Geräusch auf dem weichen Waldboden. Tumpf, tumpf, tumpf, tumpf. Das Tempo hatten wir wieder etwas gedrosselt.

Abrupt endete der Wald. Schräg peitschte uns jetzt auf einem kurzen Stück Feldweg der Regen entgegen. Da aber lag auch schon das Sträßchen, von dem aus der Weg ins Dorf abzweigte.

Trab, trab, trab, trab, klapp, klapp, klapp, klapp. Nur noch eine kleine Anhöhe hinauf, und wir erreichten den Ortseingang. Erleichtert parierte meine Schwester zum Schritt durch. Hier fühlte sie sich sicherer. Ich tat es ihr gleich und gab Condor die Zügel hin. Devikha atmete laut und angestrengt, und beide Pferde schwitzten.

Ein Blick auf die Uhr: Wir hatten für die dreißig Kilometer genau zwei Stunden gebraucht.

Anderntags regnete es in Strömen. Dunkelgraue, tiefhängende Wolken zeigten an, daß es sich nun für eine Weile einregnen würde. Der schöne heiße Mai hatte sich verabschiedet.

Mein vierjähriger Condor begrüßte mich vom Auslauf her fröhlich wiehernd. Ihm hatte die gestrige Tour nicht das geringste ausgemacht. Stolz betrachtete ich seinen hübschen, kompakten Körper.

Und Devikha? Langsam und tastend kam sie aus dem Unterstand heraus. „Hmh – tja“, murmelte ich, während ich die Flasche mit der rosafarbenen Medizin hervorkramte, die wir in unserer Stallapotheke für solche Fälle aufbewahrten. Meine Schwester würde wohl auf ihren Distanzritt verzichten müssen, denn Devikhas Sehnen an beiden Vorderbeinen waren stark geschwollen und heiß. Das hieß: Mindestens vier Wochen keinerlei Training, nur Weidegang.

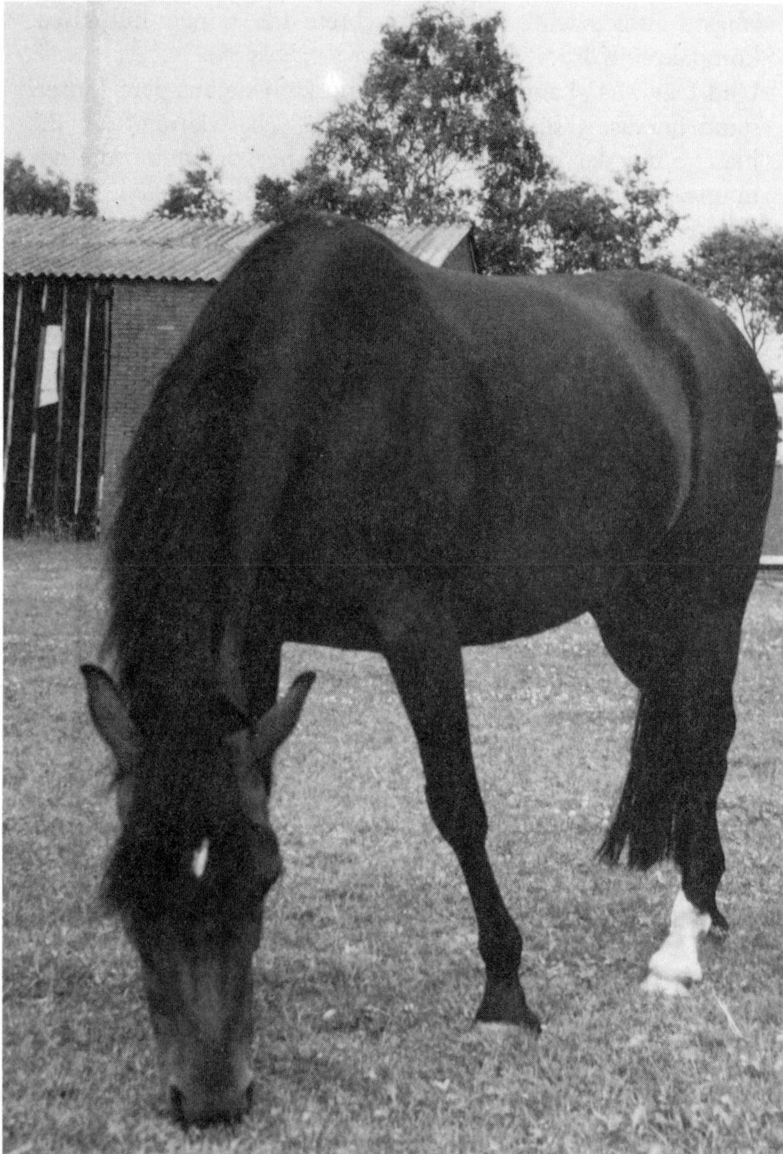

Die Goldene

Zufrieden stand ich am Zaun und sah Devikha und ihrem Fohlen Flieder zu, während ich mich mit Joey, dem Westernreiter, unterhielt.
„Und deine Stute Devikha kannst du nicht richtig reiten? Ich meine – dressurmäßig oder so? Du reitest sie nur spazieren?" fragte Joey.
„Ja, denn zum einen ist sie dermaßen springjeck, daß eine am Boden liegende bunte Hindernisstange sie schon panisch aufregt. Sie fängt dann an zu keuchen und versucht sofort zu rasen. Zum anderen hat sie eine Knochenauftreibung an einer Hinterfessel. Ich hab's probiert in der Bahn mit ihr. Was für ein Jammer, sie ging wirklich gut, aber die Fessel schwoll an, die Schale wurde größer. Bevor ich mich selbst anfruste, lasse ich es lieber bleiben."
„Das heißt, daß du jetzt gar nichts zum Reiten hast, richtig? Du brauchst aber ein passendes Reitpferd für dich? Schau dir doch mal die Stute an, die ich gerade im Stall stehen habe", schlug Joey mir vor. „Sie ist sechs Jahre alt, hat einen guten Charakter und vollständige Papiere."
„Ist sie gesund?" fragte ich.
„Absolut", versicherte Joey, wobei er sich zum Zeichen seiner Ehrlichkeit mit der rechten Hand ans Herz schlug.
„Na, dann wird sie für mich wohl zu teuer sein", antwortete ich, noch immer nicht interessiert.
Joey widersprach: „Bestimmt nicht. Leider hat sie einen kleinen Fehler – weißt du, sie ist als Pony gezogen, G-Pony – aber sie ist aus dem Maß geschossen. Mit einmeterfünfzig ist sie nun zu groß als Pony, aber viel zu klein für ein richtiges Reitpferd."
Jetzt erst horchte ich auf. Ich bin selbst nicht groß und lege keinen Wert auf ein Riesen-Reitpferd. „Wirklich? Einmeterfünfzig groß ist sie? Und was sagst du, soll sie kosten?"

Joey nannte nach einigem Zögern einen Preis, der nicht viel höher als der Schlachtpreis war. Was konnte das schon Gutes sein? Eigentlich war ich skeptisch. Trotzdem neugierig, fuhr ich am nächsten Abend zum Stall des Westernreiters.
Im Dämmerlicht der Box betrachtete ich ein sehr mageres, merkwürdiges, rötlich-sandfarbenes Pferd. Seine Mähne und sein Schweif waren zweifarbig wie die der Fjordpferde. Es hatte einen Aalstrich und über der Schulter ein schwarzes Eselskreuz. Die Beine erschienen extrem lang und waren bis hinauf zu Ellbogen und Kniegelenken deutlich zebragestreift. Allerdings sagten die Papiere, die Joey mir hinhielt, nichts aus über ein eventuelles Zebra in der Ahnenreihe. Mütterlicherseits war die Stute eine Kreuzung aus zwei sehr wenig verwandten Robustpferderassen, während sie einen schwarzbraunen englischen Vollbluthengst zum Vater hatte.
Im Wesen schien sie ausgeglichen und gutmütig. Alles in allem jedoch wirkte sie langweilig. Ich war keineswegs hingerissen. Trotzdem wollte ich sie probereiten.
Im Nu war sie gesattelt. Auch das Aufsitzen bereitete keine Probleme.
Der Hof war vollgestellt mit Autowracks und alten Reifen, durch die ich das Pferd zur Straße hin lenkte. Joey und zwei seiner Freunde folgten mir.
Am Hofausgang stutzte die Stute und sprang zur Seite, wollte offensichtlich nicht in die Richtung gehen, in die ich sie dirigierte. Energisch setzte ich alle Hilfen ein, als mir auch schon Joey und beide Helfer hüteschwenkend, händeklatschend und johlend Unterstützung gaben. Aha! dachte ich etwas amüsiert, das ist also der Haken an der Pferdedame. Sie klebt. (Kleber nennt man Pferde, die sich weigern, entweder vom Stall oder von anderen Pferden wegzugehen.)
„Hohoo!“ ertönte Joeys Stimme noch einmal, „sie hat Angst vor den vielen Autos hier, sie ist noch unerfahren.“
Witzbold, dachte ich, ob er glaubt, er kann mich verkohlen? Schon ritt ich die Straße entlang, wo die Stute jede winzige

Kleinigkeit zum Anlaß nahm, sich herumzuwerfen. Aber noch wagte sie nicht, sich offen zu widersetzen.
Deshalb überquerte ich das Sträßchen, bog auf der anderen Seite in einen Feldweg ein und forderte energisch zum Trab auf. Verärgert legte sie die Ohren an, weshalb ich sie kräftig mit den Schenkeln in die Rippen trat. Sie versuchte sich zu drehen, ich hielt mit beiden Zügeln gegen. Zornig bockte sie, woraufhin ich ihr die Gerte über die Schulter hieb. Etwas steifbeinig trabte sie nun endlich. Doch an der nächsten Kurve versuchte sie erneut, erst zur Seite zu springen, dann sich herumzuwerfen. Ich wiederholte meine nicht ganz sanften Hilfen. Da reichte es ihr, sie stoppte abrupt und stieg kerzengerade.
Wenn ich etwas überhaupt nicht mag, dann sind es Pferde, die steigen. Aber merkwürdigerweise fühlte ich in diesem Moment und bei diesem Pferd weder Angst noch Wut. Aus irgendeinem Grunde hatte ich das Gefühl, daß die Stute nicht gefährlich war. Ich vertraute ihr trotz dieser Mätzchen.
Deshalb brüllte ich sie an, tippte warnend mit dem Ende der Gerte zwischen ihre Ohren und trieb sie erneut in Trab, als sie den Boden wieder mit allen vieren berührte. Für heute gab sie tatsächlich auf. Nach fünf Minuten wendete ich und nutzte ihren Stalltrieb aus zum Durchhalten beider Zügel. Als sie nachgab und in schöner Manier den Hals rundete, schob ich erst die rechte, dann die linke Zügelhand vor, so daß sie sich dehnen konnte.
Hey, welch herrlicher Mitteltrab. Bestimmt hatte sie das nicht gelernt. Ein Naturtalent war sie mit wunderbaren, schwungvollen Gängen. Kurz vor der Straße parierte ich durch und ließ sie am langen Zügel nach Hause gehen. Auch der Schritt war über jeden Zweifel erhaben.
Joey half mir beim Absatteln. Nachdenklich musterte ich das Pferd noch einmal von allen Seiten. Der hochgezogene Bauch und der leichte Zeltrücken waren bestimmt nur Anzeichen von Hunger und Würmern.

Sie war zwar keine Schönheit, aber bei genauerer Betrachtung gab es auch nichts Falsches an ihr. Alle vier Beine waren gerade und korrekt gestellt mit gut ausgeprägten Gelenken. Die Kruppe war perfekt geformt und ging harmonisch über in ausgesprochen lange Oberschenkel. Bestimmt konnte sie sehr gut springen.

Auch ihre lange, schräge Schulter und der gut angesetzte Hals mit weiten Ganaschen und guter Oberlinie gaben keinen Anlaß zu irgendwelcher Kritik. Ihr Kopf war zwar nicht von der bei uns so beliebten arabischen Schönheit, aber auch nicht ramsnasig oder grob, der Ausdruck war freundlich. Möglicherweise waren es die Farbe, die niemanden zu Begeisterungsstürmen über dieses Pferd hinriß, und diese verflixten Zebrastreifen, die die Stute weit plumper erscheinen ließen, als sie wirklich war. An ihr war nichts Spektakuläres. Nichts, in das man sich hätte verlieben können wie beispielsweise bei meiner Stute Devikha oder Bastion, dem verrückten Schekken. Nachdenklich stieg ich deshalb ins Auto.

„Was ist?“ fragte Joey, „willst du sie, oder willst du sie nicht?“

„Ich weiß es noch nicht, laß mir etwas Zeit zum Überlegen“, antwortete ich, „paß auf, halte sie bis zum Wochenende – bitte! Das sind nur drei Tage. Am Freitag gebe ich dir Bescheid.“

Joey grummelte etwas verärgert und enttäuscht vor sich hin und ging dann auf meine Bitte ein: „O.k., aber wirklich nur bis Freitag. Danach ist sie weg. Länger halte ich sie nicht.“

Auf der Fahrt nach Hause überlegte ich: Die Stute ist in der Größe durchaus passend für mich. Sie ist korrekt gebaut und hat gute Gänge. Sechs Jahre sind genau das richtige Alter für ein ordentliches Training. Sie hat vollständige, deutsche Papiere, scheint gesund zu sein, ist nicht bösartig – und ich kann sie bezahlen, denn der Preis ist wirklich nicht hoch.

Eigentlich müßte ich verrückt sein, wenn ich dieses Pferd nicht nähme. Klar, das wäre keine Liebesheirat, aber Vernunftehen sind bestimmt nicht schlechter zu beurteilen. Zu

Hause angekommen, ging ich als erstes zum Telefon und wählte Joeys Nummer. „Hallo? Joey? Hier ist Charlotte. Ich habe mir die Sache überlegt. Ich nehm das Pferd. Allerdings möchte ich sie gern tierärztlich untersuchen lassen, um sicherzugehen, daß da nicht doch irgendein versteckter Mangel ist. Das mußt du verstehen."

Joey freute sich unüberhörbar: „Ehrlich, du nimmst sie? Na prima. Dann ist ja alles klar. Soll ich einen Tierarzt bestellen?"

„Nein, ich frage unseren bewährten alten Doktor. Der fährt sicherlich gern mit mir hinaus. Wenn alles klargeht, kommen wir am Freitag, und falls der Tierarzt keine Einwände hat, organisieren wir noch an diesem Wochenende den Transport."

Der Tierarzt fand keinen Mangel, so daß das falbe Pferd am darauffolgenden Tag in meinen Stall überwechselte.

Sie war wirklich von freundlichem Wesen und folgte mir bereits nach unserer zweiten Begegnung mit den Augen überallhin. Der zuvor etwas langweilige Gesichtsausdruck veränderte sich zu aufmerksam und liebenswürdig. Ihre Farbe war zwar nicht golden, wohl aber ihr Wesen, ihr Herz, deshalb nannte ich sie „die Goldene".

Sofort bekam sie eine Wurmkur verpaßt, und wieder einmal kochte ich Mash (eine Mischung aus überbrühter Weizenkleie, Quetschhafer, Leinsamen und etwas Salz), um „die Goldene" in einen ordentlichen Futterzustand zu versetzen. Ein paar Tage wartete ich, bis sie sich eingewöhnt hatte und etwas kräftiger schien. Dann nahm ich mir einen Tag frei. Für das, was mir – oder der gelben Stute – bevorstand, mußte ich unbedingt allein sein. Zuschauer hätten mich nervös gemacht. Deshalb sattelte ich sie also mittwochmorgens nach dem Frühstück, führte sie vor den Stall auf die Weide und saß auf. Das Weidegatter war offen, und dahinter lag freies Feld. Dorthin versuchte ich nun die Stute zu lenken. Erwartungsgemäß weigerte sie sich.

Ich aber wollte keinen Kampf nach Art der Western-Zureiter. Statt dessen hatte ich vor, sie zu zermürben. Immer wieder

also steuerte ich zurück in Richtung Weideausgang, parierte ihre Sätze zur Seite, ihre Ausfälle in alle Richtungen und gab die Zügel nach, sobald sie einen Schritt in die richtige Richtung tat. Für die vielleicht fünfundsiebzig Meter zum Feld hin brauchten wir eine gute Stunde. Endlich gab sie nach und schritt – ein wenig aufgeregt schnaufend – auf den jetzt trokkenen Acker hinaus.
Nach etwa fünfhundert Metern probierte sie es noch einmal. Blitzschnell stieg sie kerzengerade. Auf diese Geschwindigkeit war ich nicht gefaßt. Es war mir nicht mehr möglich, die Zügel hinzugeben. Sie riß sich selbst kräftig in die Lefzen und kämpfte ein paar Sekunden mit der Balance (und ich auch, weshalb ich ihr gefährlicherweise mit den Zügeln im Maul hing). Doch sie war ein kräftiges Pferd. Sie hielt sich, kippte nicht hintenüber, sondern kam wieder herunter auf alle vier Hufe.
Damit gab sie auf. Ich hatte es geschafft, hatte den Kampf gewonnen. Vorsichtig lenkte ich sie die Wiesen- und Feldwege entlang, überquerte die Bundesstraße – Autos nahm sie allerdings zum Anlaß, mindestens zehn Meter weit seitlich auszubrechen –, umrundete ein kleines Moorgebiet und kehrte – einen großen Kreis schlagend – wieder zum Hof zurück. Es war fast Mittag, als ich sie zufrieden absattelte und reichlich belohnte.

Nur wenige Wochen trainierte ich sie. Sie war ein Allround-Talent, das geborene Vielseitigkeitspferd. Kräftig, ausdauernd, gelehrig und mutig. Allerdings versuchte sie stets zunächst einmal, ob es nicht vielleicht auch ohne all diese Anstrengungen ginge. Der erste Sprung war der Test. War ihr Reiter nicht energisch genug, brach sie seitlich aus, immer und immer wieder. Setzte der Reiter sich jedoch gleich durch, war alles Weitere ein Kinderspiel mit ihr. Nachdenklich musterte ich ihr jetzt durchaus schickes Äußeres. Kein hochgezogener Bauch störte das Gesamtbild, die Beine wirkten nicht mehr

überlang, wodurch auch die Zebrastreifen nicht mehr so ins Auge fielen.
Wie groß sie wohl genau war? Als die Zuchtkommission zum Einmessen unserer Ponys kam (Ponys dürfen einen Meter und achtundvierzig Zentimeter Widerristhöhe nicht überschreiten und müssen deshalb jährlich bis zum sechsten Lebensjahr „eingemessen" werden), zog ich kurzentschlossen „die Goldene" als letztes der zu messenden Ponys aus der Box. Anerkennend musterte der Mann vom Zuchtverband die Stute und studierte eingehend ihre Papiere.
„Na, dann wollen wir mal", sagte er und pflanzte das Stockmaß neben das Pferd, schob die waagerechte Meßlatte herunter, bis sie auf dem Widerrist auflag, und las ab: „Genau ein Meter und achtundvierzig Zentimeter", verkündete er laut.
Ich hatte Mühe, an mich zu halten, und machte ein Gesicht, als hätte ich gar nichts anderes erwartet, aus Angst, der Mann würde noch einmal nachmessen wollen, wenn ich allzu freudig dreinschaute. „Die Goldene" war sechs Jahre alt und der jetzt ausgestellte Ponypaß der letzte, endgültige.
Damit stand in meinem Stall ein Juwel: Ein Groß-Pony von einem Meter und achtundvierzig Zentimetern, dazu Stute und vollständige Papiere – gesund, rittig, talentiert. Und dafür hatte ich kaum mehr als den Schlachtpreis bezahlt. Joey übrigens trug die Angelegenheit mit Humor und Fassung. Immer wieder erzählte er jedoch, wie der Händler, von dem er die Stute hatte, auf die Nachricht von dem „Endmaßpony" vor Wut im Dreieck gesprungen sei.
„'Du', habe ich zu ihm gesagt, 'kannst du nicht richtig messen oder brauchst du vielleicht eine Brille dazu? Wie wäre es mal mit einem Besuch beim Augenarzt?'"
Herzhaft lachten wir, wenn er perfekt die verdrossene Miene des Händlers nachahmte, vornübergebeugt, die Hände auf dem Rücken verschränkt, so hin und her durch den Raum schritt und schließlich ausrief: „Wie ist *so etwas* denn möglich? Wie konnte mir *das* bloß passieren?"

Vielleicht hätte ich „die Goldene“ für mich behalten sollen, aber die Versuchung war zu groß, einmal ein Pferd mit Gewinn zu verkaufen.
Möglicherweise gestand ich mir auch einfach kein normales, gutes Pferd zu. Allzulange schon erprobte ich mein Geschick nur an Pferden, die eigentlich bereits ausgemustert waren und sozusagen auf der Verladerampe zum nächsten Metzger standen, weil niemand mit ihnen klarkam.
Mag auch sein, daß in mir damals schon die Idee keimte, Devikha noch einmal decken zu lassen, um mein absolutes „Traumpferd“ zu erhalten.
Oder war ich wie „Hans im Glück“? Daß ich ein Stück Gold gegen alles mögliche eintauschte, bis ich mich schließlich eines Mühlsteins entledigen mußte und gar nichts mehr mein eigen nannte?
Jedenfalls bot ich „die Goldene“ zum Verkauf an und erzielte einen sehr schönen Preis. Kaum ein halbes Jahr später sah ich sie im Zuchtmagazin immer wieder aufgeführt und manchmal abgebildet. Sie kam in den Ponykader und wurde sogar zweite Bundessiegerin.

Granat

Noch jetzt kommen mir die Tränen, heute, Jahre später. Früher einmal habe ich mich gefragt, was denn wohl mit der biblischen Reue gemeint sein soll. Reue erschien mir als das Sinnloseste überhaupt.

Jetzt langsam begreife ich es - gerade, wenn ich an die Pferde denke –, aber ganz besonders bei dem Gedanken an Granat, den lichten Blonden, der so schwierig war, anfangs so bösartig und voller Haß. Der die schlimmsten Aggressionen meinerseits ausgelöst hat. Mit ihm habe ich so gekämpft wie mit keinem anderen Pferd.

Heute finde ich das schrecklich. Ich hatte kein Recht dazu. Wir haben kein Recht, die Pferde - alle Tiere - zu unseren Zwecken zu zwingen. Aber das wußte ich zu dem Zeitpunkt überhaupt noch nicht.

Obwohl ich alles so gern ändern, rückgängig machen möchte, weiß ich doch, daß es mir damals nicht möglich war, anders zu handeln, weil ich keine Einsicht hatte. Vielleicht haben mir Granats sterbende Augen noch am meisten darüber gesagt, noch am meisten Einsicht vermittelt. (Denn natürlich habe ich ihn auf seinem letzten Weg begleitet. Das zumindest war ich ihm schuldig.)

Reue, das ist wirklich und wahrhaftig den Tod vorwegnehmen. Das ist Heulen und Zähneklappern schon zu unseren Lebzeiten. Nicht wegen irgendwelcher strafender Götter oder anderer Idiotien. Sondern weil wir uns fragen müssen - immer wieder fragen müssen: Warum habe ich das getan? Warum habe ich mir selbst das angetan? Warum habe ich den anderen das angetan? Wie hätte ich mich freuen können in diesem Leben, dieser Welt, wie glücklich hätten die anderen sein können! Warum habe ich das Leben nicht genossen? Warum habe ich andere nicht das Leben genießen lassen?

Vor allem Granat hat mich das gelehrt. Er hat mich Reue gelehrt. Und sie brennt wie Feuer in meiner Seele. An ihm

habe ich begriffen, was wir – ich – den Pferden antun mit unseren Wünschen, unserem Ehrgeiz. Vielleicht gerade deshalb, weil er sich so vehement und letztendlich erfolgreich dagegen gewehrt hat.
Er war stärker als ich. Und leider muß ich zugeben, daß er deswegen sterben mußte.

Verflixt, welche Hektik heute! Schnell schob ich dem Antragsteller seine Formulare zu und schickte ihn zum nächsten Sachbearbeiter – schon wieder das Telefon: „Ja bitte, Städtisches Büro – wie bitte? Heute, jetzt? Wo sind Sie mit der Lieferung? Bei mir vorm Stall? Ach du meine Güte! – O.k. Ich komme sofort, in spätestens zwanzig Minuten bin ich dort."
Als erstes die Chefsekretärin anrufen und sagen, daß ich heute nachmittag freihaben müßte, dann die Mädchen anwählen: Trienke, Betti – ob meine Freundin Heidi helfen könnte?
Rasch den Schreibtisch aufräumen, Handtasche, Autoschlüssel, Stempelkarte greifen . . . Schon schoß ich aus dem Amtsgebäude, meinem klapprigen Uralt-Benz zustrebend – mit Abstand dem rostigsten und ungepflegtesten Auto auf dem gesamten städtischen Parkplatz.
Meine Gedanken eilten mir voraus, während ich die kleine, schnurgerade Landstraße entlangrollte. Hoffentlich berechnet der Fahrer mir die Wartezeit nicht, und was, wenn die Mädchen nicht kommen? Siebenhundert Ballen Heu allein mit einem einzigen Mann abladen . . .?
Es stimmte schon. Ich lebte für die Pferde. All mein Geld, all meine Kraft investierte ich in sie. Schon so lange ich denken konnte, war ich regelrecht besessen von ihnen. Durch meine Träume geisterten ihre schlanken Fesseln, ihre wehenden Mähnen und fliegenden Schweife.
„Ein schönes Pferd", so sagte ich oft, „ist der Inbegriff von Schönheit. Wer auch immer die Welt erschaffen hat, hat mit dem Pferd das absolut Vollkommene an Ästhetik geschaffen. Niemand, auch nicht jemand, der sich gar nicht für diese Tiere interessiert, kann ein schönes Pferd nicht schön finden."

Ich bog in die Hofeinfahrt ein. Gott sei Dank, Trienke war schon da, denn das Garagentor stand offen. Nur sie dachte daran, es für mich zu öffnen.
Rasch eilte ich ums Haus zur Stallseite, wo der Lkw mit Anhänger schon wartend stand. Trienke und zwei ihrer Freunde saßen im Auslauf auf ein paar Zaunstangen.
„Sollen wir?"
„Na klar."
Ich strahlte. Selbst wenn niemand sonst half, zu fünft würden wir es schaffen.
„Ich zieh mich nur eben um!" rief ich und lief durch den Stall zu meiner Wohnung.
Bei Devikhas Box machte ich kurz halt. Sie wieherte freudig und reckte mir ihren schönen, ausdrucksstarken Kopf entgegen.
„Meine Gute, ist alles in Ordnung mit dir?" Zärtlich rieb ich ihre Stirn und drückte mein Gesicht an ihre weichen Nüstern. Wie gut sie roch. Trotzdem, einen Augenblick im Aufschauen meinte ich, sie habe etwas Angestrengtes im Blick. „Es wird doch noch nicht so weit sein, hmm? Mach mir keinen Ärger." Ich betrachtete sie aufmerksam.
Sie war seit 311 Tagen tragend. Mit dem letzten Fohlen hatte sie mich wochenlang warten lassen, bis ich schließlich die Geburt einleiten ließ. Würde sie diesmal zu früh fohlen? Doch ich täuschte mich wohl. Meine Schöne stand gelassen und ruhig in ihrer Box. Ich war einfach zu besorgt um sie und sah schon Hirngespinste.
Wenige Minuten später stand ich in Jeans und Hemd auf dem Boden. Ein schwerer Ballen nach dem anderen pumperte vom Wagen auf den Heuboden und wurde weitergereicht. Nicht aufschauen, nicht nachdenken oder zählen, wieviel man schon hat, wie viele es noch sind. Nur weiter, weiter, weiter.
Die Hitze auf Heuböden im Sommer ist unerträglich, der Schweiß rinnt, der Staub des Heus verklebt die Haut und dringt in Nase und Augen.

Endlich war der erste Wagen leer. Ich reichte dem Fahrer einen Besen hinunter und verschnaufte keuchend, während er die Ladefläche fegte, sich dann ins Führerhaus setzte und den Anhänger vor die Bodenluke zog.

Es klappte nicht ganz. Der Abstand war zu groß. Er mußte wieder zurücksetzen.

„Hey!" rief ich den anderen zu. „Braucht ihr auch etwas zu trinken?"

„Keine schlechte Idee." Begeistert stimmten meine Helfer zu. Heidi und Betti waren inzwischen auch eingetroffen.

„O.k., ich hole uns was aus der Küche. Der Fahrer scheint sowieso noch ein Weilchen zu brauchen."

Rasch kletterte ich über die Bodentreppe nach unten. Dort zögerte ich einen Moment. Wieso kam kein Laut von Devikha? Wann immer sie meinen Schritt hörte, grummelte sie mir zu.

Ach was, Hirngespinste! Ärgerlich schob ich die lästigen Gedanken beiseite und lief in die Küche. Jedoch mit dem Kasten Limonade zurückkommend, zögerte ich wieder in der Futterkammer. Trienke kam die Bodentreppe herunter und nahm mir die Flaschen ab. Also öffnete ich noch einmal die Stalltür. Devikha stand mit dem Kopf zur Wand gedreht. Sie atmete stoßweise, und über ihre Flanken rann Schweiß.

Ohne weiter zu überlegen, drehte ich mich um und lief zurück in die Wohnung. Schnell riß ich den Hörer des Telefons hoch und wählte. Eine Liste der wichtigsten Nummern, vor allem der Tierärzte, hing vor mir an der Wand.

„Bitte, können Sie kommen? Meine Stute fohlt."

Der Tierarzt antwortete mit einem knappen „Ja, sofort" und legte auf. Er kannte mich und wußte, wieviel ich gerade in dieses Fohlen investiert hatte. Er wußte um meine Sorgen um die seit einigen Monaten hustende Stute. Nichts war mir zu teuer gewesen, um dieses Fohlen im Bauch seiner Mutter am Leben zu erhalten. Fast tausend Mark hatte das wehenhemmende Pulver bis jetzt gekostet, das ich ihr bis vor wenigen Tagen verabreicht hatte.

Schon war ich in den Stall zurückgekehrt und hielt Devikhas tief gesenkten Kopf. Etwas in mir fühlte sich beklommen, wie eine Art schlechten Gewissens. Hatte ich irgend etwas falsch gemacht?

„Meine Gute, meine Schöne", murmelte ich immer und immer wieder, „wir schaffen das schon, gleich kommt Hilfe." Vertrauensvoll und seufzend stützte Devikha ihre Kinnlade in meine gefalteten Hände.

So standen wir und warteten, während draußen der Lkw rumorte und rangierte und schließlich wieder das laute Gepumpere der Heuballen und die Rufe der Helfer herunterdrangen. Meine Gedanken gingen um zwei Jahre zurück.

Devikha war zweifelsohne eine polnische Araberin, aber sie hatte keinen Abstammungsnachweis. Der Händler, bei dem ich sie kaufte, operierte skrupellos mit den Papieren. Er schacherte sie nach eigenem Gutdünken anderen Pferden zu oder verkaufte auch schon mal einen Schein ohne das dazugehörige Pferd.

Meine Schöne war verrückt und wild bis zur Unbrauchbarkeit gewesen, als ich sie dort kaufte. „Springjeck", sagte man zu einem solchen Verhalten, was keineswegs heißt, daß so ein Pferd gern springt, sondern daß es vollkommen die Nerven verliert, wenn es auch nur glaubt, daß gesprungen werden soll. Im Moment des Aufsitzens verwandelte sich deshalb diese wundervolle, sanfte Stute in so etwas wie eine wildgewordene Lokomotive. Mit aller Kraft warf sie Kopf und Hals nach unten auf das Gebiß und riß mir stetig fast die Arme aus den Gelenken, wobei sie stoßweise und laut röchelnd atmete.

Um Gottes willen, wo will sie bloß hin? fragte ich mich verzweifelt während dieses katastrophalen Proberitts, bei dem ich nur damit beschäftigt war, mit meiner ganzen Körperkraft dieses kompakte kleine Pferd zu halten.

Was würde sie tun, wenn ich die Zügel lockerte? Manch ein Pferd beruhigte sich dann. Vorsichtig schob ich die innere Hand vor. Die Stute ging mit, der Zug ihres Kopfes blieb gleich. Ich lockerte daraufhin auch den äußeren Zügel und

gab probeweise den inneren vor der ersten Ecke der kurzen Seite ganz hin.
Ein zischendes Pfeifen drang durch die Pferdenüstern, während wir mit lautem Gepoltere in die hölzerne Reitbahnumfriedung rempelten. Das Pferd versuchte tatsächlich durchzubrechen.
Aha, von solchem Verhalten hat sie wohl auch die Knochenschale an der Hinterfessel, kombinierte ich, während ich mit aller Kraft die Leinen anzog und mit Gewalt wieder auf den Hufschlag lenkte, um den Proberitt zu beenden.
Doch mein Entschluß stand fest: Ich wollte dieses Pferd bedingungslos. Niemals müßte sie bei mir springen, für sie gäbe es keine Rasereien mehr.
Statt dessen würde ich sie decken lassen und wundervolle Fohlen ziehen. Und zum Spazierenreiten bekäme ich sie schon wieder hin, da war ich mir sicher.
Die etwas verkniffenen Mienen des Händlers und seiner Frau veränderten sich über ungläubig zu verblüfft in freudiges Strahlen, als ich ihnen beim Absitzen knapp mitteilte, daß ich die Dunkelbraune nehmen würde.
Ich war sehr glücklich über diesen Kauf.
Wir trennten einen Teil des Offenstallauslaufes ab, um meine Neuerwerbung langsam und ohne Keilereien an die anderen Pferde zu gewöhnen, und ließen sie laufen.
Doch abends hatte ich keine Ruhe. Ich mußte noch einmal nach ihr sehen. Fast war es dunkel, als ich nach draußen trat. Wo war sie nur? Beunruhigt versuchten meine Augen die Dunkelheit bis zum nahegelegenen Wald zu durchdringen, als ich plötzlich vor mir Bewegung gewahrte.
Ein weißer Stern leuchtete auf, und dazu trat ein dunkler Schatten auf mich zu – vollendet schön. Mir schnürte es die Kehle zu, als die Wundervolle ihre Nüstern in meine Halsbeuge drückte, und durch mein Hirn schoß der Gedanke an die Göttin der Liebe, der Nacht und wohl auch der Dunkelheit.

„Devikha", murmelte ich ihr zu, während ich ihren glatten, wundervoll gewölbten Hals streichelte.

Die Stute hatte sich hingeworfen, als der Tierarzt eintrat. Ich überredete sie aufzustehen und schnallte ihr ein Halfter um, so daß der Doktor sie abtasten konnte.
„Bis jetzt fühlt sich alles normal an, aber das Fohlen kommt wohl gleich. Ich muß eben ins nächste Dorf, um ein Medikament abzugeben, und bin sofort wieder da." Damit eilte der vielbeschäftigte Mann nach draußen und ließ mich allein mit meiner Stute, die wieder ganz ruhig dastand und mich suchend, nach einem Leckerchen bettelnd, beschnoberte. Sie formte aus ihrer Nase einen kleinen Rüssel und schubberte damit in der Gegend meiner Hosentaschen herum. Irgendwo daraus kamen sie doch immer – die süßen Belohnungen. Lächelnd kramte ich ein Stückchen hervor und gab es ihr, während meine Gedanken wieder zurückeilten.

Ganz entsetzt war sie gewesen, als ich sie kurz darauf in den Hänger führte und zu einem Gestüt fuhr. Ihre deutliche Rosse war ihr vor Schreck und Aufregung vergangen. Ungern verließ ich sie und telefonierte täglich mit dem Gestütsleiter.
Am Wochenende fuhr ich hin. Laut rief sie, als sie mich kommen hörte. Sie begriff: Ich hatte sie nicht allein gelassen, nicht verkauft.
Von da an entspannte sie sich, wurde wieder rossig und konnte ganz normal gedeckt werden.
Flieder, ihre Tochter – oder war es nicht vielleicht eher die meine –, war das Ergebnis dieser Bedeckung. Ein hinreißendes, fast ebenso dunkelbraunes Stutfohlen wie die Mutter.
Eigentlich wollte ich dann noch gar nicht wieder mit der Stute zum Hengst, doch der Zufall bescherte mir einen anderen, ungewöhnlichen Pferdekauf und einen noch ungewöhnlicheren, erfolgreichen Verkauf (die Goldene). Plötzlich hatte ich genügend Geld, und ein lange gehegter Traum stieg in mir auf.

Da gab es doch in Süddeutschland so einen wundervollen schwarzen Vollblutaraber, schon etwas alt. Wer weiß, vielleicht würde er nicht mehr lange leben. Und immer schon hatte ich mir einen Rappen gewünscht.

Eine Dunkelbraune und ein Schwarzer? Das konnte doch wohl klappen. Aber die Fahrt war weit, und die Stute mußte mit Fohlen Flieder bis zum Trächtigkeitsnachweis dortbleiben. Ein wahrhaft teurer Spaß.

Mit der Kraft und Energie, die mir schon so viele Jahre half, meine Träume zu verwirklichen, setzte ich alle Hebel in Bewegung und arrangierte die Sache.

Deshalb standen kurz darauf Auto und Anhänger auf der Wiese zum Stall, die Klappe des Hängers war heruntergelassen, und ich marschierte, Devikha am Halfter, darauf zu. Sie war immer brav und lief willig hinein, doch Flieder, ihre Tochter, machte Schwierigkeiten. Sie wollte partout nicht folgen. Meine Freundin Trienke versuchte es mit vielen Leckerchen und gutem Zureden. Doch bockig stemmte die Kleine ihre Beine ins Gras.

Seufzend schlang ich Devikhas Anbindestrick durch den Ring zum Pferdeknoten und versuchte – ebenso erfolglos – das Fohlen zu überreden. Ich lockte, zog und schob.

Fohlen können sehr eigensinnig sein. Die sonst so liebenswürdige Flieder verzog ihr kleines Gesicht zu einem Ausdruck von Trotz und Ärger, sprang schließlich mit allen vieren gekonnt in die Höhe und zog Trienke hakenschlagend den Strick aus der Hand.

Laut und schrill wieherte das Pferdekind nach seiner Mami, während es über die Wiese preschte. Die Mami reagierte sofort. Blitzschnell riß sie rückwärts und sprang mit den Hinterbeinen um die Hängerklappe herum – leider vom Anbindestrick festgehalten, der sich durch die Drehung um den Hals des Pferdes schnürte. Noch heftiger zog die Stute, während sie um Atem röchelnd die Schlinge mehr und mehr zuzog.

Woher nahm ich so schnell das Messer und säbelte den Strick durch? Ich habe es vergessen. Devikha überlebte das Manöver jedenfalls, und ich holte einen anderen Anbindestrick.
Klar, eigentlich sollte das Fohlen zuerst in den Hänger, aber Flieder gebärdete sich erstmals in ihrem zweimonatigen Leben wie närrisch. Sie wollte einfach nicht verladen werden.
Also versuchte ich noch einmal, ob sie nicht doch ihrer Mutter folgen würde. Gleichzeitig führten wir nebeneinander Mutter und Tochter auf die Hängerklappe zu. Flieder setzte einen Huf auf die Klappe, Devikha schritt wohlgemut voran und hinein.
„Noch ein bißchen, noch ein Schrittchen", versuchten wir das Fohlen zu überreden, und tatsächlich standen nun schon beide Vorderhüfchen auf den hölzernen Lattenverstrebungen.
„Jemand muß von hinten schieben", meinte Trienke. Leider waren wir allein.
Vorsichtig zog ich Devikhas Strick noch einmal durch den Ring und versuchte, von hinten an das Fohlen zu gelangen. Doch Flieder machte – kaum, daß ich aus dem Hänger heraus war – einen heftigen Satz zur Seite und wieherte wieder herzzerreißend.
Klack! Der Anbindering riß samt der vorderen, metallenen Planenverstrebung aus der Halterung, als Devikha entschlossen ihrem Kind zur Hilfe eilte. Den Schaden am Hänger würde ich bezahlen müssen. Immerhin lief sie nicht noch einmal Gefahr, sich zu erdrosseln.
Inzwischen hatte ich aus dem Kofferraum eine Longe geholt, diese an einer Seite des Hängers befestigt und meinem aus unerfindlichen Gründen heute so bockigen Fohlen um die Hinterbeine gelegt. Wieder stand Devikha im Verladeraum, während ich vorn durch das Türchen hinaustrat, so stehenblieb, daß die Stute mich sehen konnte, und gleichzeitig versuchte, die Longe anzuziehen.
Doch Flieder war geradezu katzenhaft gelenkig. Nachdem sie bereits mit allen vier Beinen auf der Rampe gestanden und ihre Nase die Kruppe ihrer Mutter beschnobert hatte, riß sie

erneut laut aufwiehernd zurück, drehte sich, Trienke den Strick entreißend, herum und stürmte gegen die Longe. Da konnte auch ich die Leine nicht mehr halten. – Und während das Fohlen davongaloppierte, rumorte es kurz im Hänger, dann stürzte Devikha, die Plane mit dem Kopf durchstoßend, mit lautem Gepoltere vorn aus dem „geschlossenen" Wagen heraus.

Fassungslos sah ich zu, wie mein Juwel – meine wundervolle Stute – buchstäblich auf der Wiese saß – die Hinterbeine hatte sie unter die Anhängerkupplung geschoben, während die Vorderbeine im offenen Kofferraum des Autos herumrührten. Wie üblich brutal gegen sich selbst und ohne Rücksicht auf ihre Knochen, zog sie ihre blutenden Vorderbeine schließlich heraus, rollte, hinfallend, zur Seite, sprang dann auf und mit den Vorderbeinen über die Kupplung, riß die Hinterbeine gewaltsam darunter vor und ebenfalls hinüber und stand, immer noch mit dem Strick im Hänger angebunden, nun neben dem Gefährt.

Mein Herz hatte schon lange aufgehört zu schlagen, so entsetzt war ich. Doch langsam und dumpf setzte es nun wieder ein. Was immer ich befürchtet hatte – es war kein Bein gebrochen, auch nicht das Genick. Devikha hatte lediglich Schürfwunden davongetragen, und ihre ganze Haltung, ihr stolz aufgerichteter Hals, der waagerecht getragene Kopf, der ebenso hochgestellte Schweif, dazu ein lautes, durch die Nüstern gestoßenes Trompeten, zeigten das Bild einer stolzen Siegerin. War das vielleicht ein Omen? Gedanken wirbelten durch meinen Kopf. Eine innere Stimme raunte mir eindringlich zu: „Laß es, laß es jetzt bleiben, bring sie nicht weg, das ist nicht gut!"

Doch gleichzeitig und vielleicht gerade angesichts Devikhas Überlegenheitsgehabes schoß unglaubliche Wut in mir hoch. Dieses Etwas in mir, das ich eigentlich nicht mag, wovor ich mich selbst fürchte und das ich trotzdem als Eigenschaft in mir trage, dieses Nicht-aufgeben-Können, um jeden Preis

Nicht-nachgeben-Können, wenn es zu einem Kräftemessen kommt.
Meine Kiefer preßten sich aufeinander. „Wartet nur, ihr verflixten Biester, euch kriege ich schon. Jetzt gerade."
Die leise innere Stimme war längst verstummt, als ich mich umdrehte und zum nächstgelegenen Hof lief, um den Bauern zu bitten, mir beim Verladen der beiden Pferde behilflich zu sein.
Zehn Minuten später hoben ein paar kräftige Männer das renitente Fohlen ganz einfach hoch und in den Hänger hinein. Hilflos zappelte es mit den Füßen und hatte doch keine Chance, freizukommen, während ich die Stute hinterherführte und innen festband. Die Klappe wurde hochgehoben, die Riegel wurden eingehakt und gesichert, der vordere Ausstieg sorgfältig verschlossen.
Kurz darauf rollten wir über die Landstraße zu einer mehr als dreizehnstündigen Fahrt quer durch ganz Deutschland. Ich wußte, daß das Fohlen nicht trinken konnte, weil wir es sicherheitshalber angebunden hatten, wußte, daß die Stute Wasser brauchte – auch daß ihre Wunden versorgt werden mußten –, doch ich wagte nicht, auch nur das Vordertürchen zu öffnen, aus Angst, Devikha käme vielleicht noch einmal auf die Idee, gewaltsam durch den Anhänger zu stürzen.
Meine Fantasie malte mir das Schreckensbild aus, wie die Stute mit dem Fohlen die Autobahn entlangpreschen würde. Bei jedem Tanken bekam ich regelrecht Zustände – aber alles ging gut, Mutter und Tochter blieben ruhig.

Mehr als sechs Wochen später löste sich aus einer Herde Araberstuten mit Fohlen bei Fuß ein besonders hübsches, dunkelbraunes und galoppierte laut wiehernd auf mich zu, gefolgt von seiner etwas langsameren, würdevollen Mama. Ich traute meinen Augen nicht. War das etwa ...? Das konnte doch nicht sein ... oder doch?

Es waren tatsächlich meine beiden Lieblinge. Flieder hatte ihr helles Fohlenfell verloren, so daß ich sie nicht erkannte, sie mich aber sehr wohl.
Mutter und Tochter folgten jedem meiner Schritte, soweit der Zaun es zuließ, und standen dann wartend, bis ich sie wieder die Verladeklappe hinaufführte. Diesmal ging Flieder so souverän in den Hänger, als kenne sie gar nichts anderes und als habe es nie Schwierigkeiten damit gegeben.
Meine Stute war tragend, und wir rollten wieder quer durch Deutschland gen Norden. Alles lief wunschgemäß. Nur eines bedrückte mich ein wenig. Beide, Mutter und Tochter, hatten einen häßlichen Nasenausfluß, und Devikha hustete von Zeit zu Zeit dumpf.

Ob es die zu spät erfolgte Impfung war oder das andere Klima im Süden Deutschlands – oder die Fahrerei, jedenfalls hatte sich die Stute infiziert.
Bei tragenden Pferden gibt es nicht so viele medikamentöse Möglichkeiten, und alles, was ich an Inhalationen, Naßfutter, Sägemehl als Einstreu, etc., etc., verordnete, blieb erfolglos. Devikhas Husten wurde chronisch und war unheilbar.
Hätte ich damals beim Verladen nicht doch auf Flieders Abwehr und meine innere Stimme hören sollen, anstatt mit dem Dickkopf durch die Wand zu rennen?

Stöhnend hatte sich die Stute wieder hingelegt. Schon waren die Fruchtblase und zwei winzige Hüfchen zu sehen. Devikha preßte noch einmal und sprang dann auf.
Mit einem Schwall ergossen sich das Fruchtwasser und ein in einer weißlich-transparenten Blase verpacktes Etwas aus Knochen und Beinen ins Stroh. Dieses Etwas zappelte, die Blase öffnete sich, und ein benommenes, schnaufendes Fohlen lag vor mir. Irritiert ging ich in die Hocke, um das neugeborene Pferd zu betrachten.
Es war ein Fuchs, ein richtiger Fuchs mit sehr viel Weiß an den Beinen und im Gesicht, dazu die für Fuchsfohlen typi-

schen rosaumrandeten Augen. Diese Augen nun waren es, die mich besonders verwirrten. Genaugenommen eigentlich nicht ihr Aussehen, sondern vielmehr der Ausdruck. Täuschte ich mich nicht? Bildete ich es mir vielleicht nur ein? Schaute dieses Fohlen wütend drein? Voller Haß und Abneigung?
Gedankenverloren, mit gerunzelter Stirn, stand ich da und sah vor meinem inneren Auge Flieders Geburt von vor einem Jahr und die Innigkeit unserer Beziehung von Anfang an.
In meine Gedanken hinein platzte der Tierarzt: „Na da schau her, was für ein wunderschönes Fohlen! Und wie groß es ist! Meine Güte! Was für Beine! Guck doch mal, welch ein schöner Araberkopf! – Ganz ehrlich, das ist der schönste von Ihren, ein Superfohlen, ein richtiger Prachtkerl."
So schwärmte der Doktor, während er dem kleinen Hengstchen die Spritze gegen Fohlenlähme verabreichte. Seine Worte wärmten mein Herz, während ich noch ein paar zweifelnde Blicke auf das Gesicht des Fohlens warf.
„Bloß hatte ich einen Rappen erwartet, wenigstens einen Dunkelbraunen – was meinen Sie, könnte es ein Dunkelfuchs wie sein Großvater werden?"
„Das kann schon sein. Wissen Sie, in den Genen der Rappen ist immer viel Fuchs – eigentlich sind Rappen ganz dunkle Füchse. Deshalb ist es gar nicht so unlogisch, daß ein Rappe Fuchsfohlen bringt. So – alles erledigt – wirklich ein Prachtkerl. Sehen Sie zu, daß er gleich so viel wie möglich von der Kolostralmilch trinkt, damit das Darmpech abgeht und er genügend Abwehrstoffe aufnimmt, schließlich ist er doch ein paar Wochen zu früh geboren. Rufen Sie mich, falls es Probleme geben sollte – was ich aber nicht glaube. Gratuliere – jetzt muß unbedingt ein Sektchen gehoben werden – schade, daß ich noch fahren muß."
Damit verließ mich der gute Mann, wie meistens in Eile und mit den Gedanken schon beim nächsten Kunden.
Ich frottierte das Hengstchen und sann über seinen Namen nach. Gardez hatte ich mir überlegt, der Höfliche, der Ritter,

oder Govinda, der Sanfte, meditative. Beide Namen schienen mir jetzt nicht zu passen.
Wenn er aber ein so dunkler Fuchs wie sein Großvater werden würde – mit einer Farbe wie ein Edelstein, dem Granat? Gut, der Name war nicht besonders originell, aber in Verbindung mit der Farbe ...?
Deshalb entschied ich mich jetzt für den Namen Granat.
Inzwischen hatte das Gepumpere über uns aufgehört, das Heu war abgeladen. Ich ging hinaus und erzählte, daß Devikha ihr Fohlen bekommen habe, und alle schlichen auf Zehenspitzen in den Stall, um Granat zu bewundern.

Immer wieder versuchte er aufzustehen, immer wieder fiel er hin. Sein Köpfchen schlug brutal gegen die Holzbohlen der Boxwände.
Schließlich konnte ich es nicht mehr mit ansehen. Ich öffnete die Tür, trat ein, stellte das Fohlen auf und stützte es. Da hob zu meiner größten Verblüffung das Kerlchen eines seiner zierlichen Hinterhüfchen und donnerte es mir vors Schienbein – woraufhin es natürlich wieder die Balance verlor und krachend hinfiel. Wie gut, daß Fohlenknochen sehr elastisch sind. Nichts passierte, kein Bein brach. Ich mußte ihm noch einige Male aufhelfen, bis es schließlich stand.
Doch war es ein wirklich sehr großes, langbeiniges Fohlen. Eigentlich zu groß für seine Mutter. Deshalb hatte es sich sehr tief zu bücken und den Hals extrem zu verrenken, um überhaupt an das Euter zu gelangen. Das klappte auch nach einer Stunde mühsamen Suchens nicht. Die kostbare Kolostralmilch schoß bei jeder Bewegung der Stute ungenutzt aus dem Euter in die Streu.
Inzwischen fühlte ich mich müde, durstig, klebrig von Schmutz und Schweiß und sehnte mich nach einer Dusche und einem Kännchen Tee. Andererseits mußte ich sicher sein, daß alles seine Ordnung hatte. Deshalb stellte ich mich schließlich entschlossen neben das Fohlen und drückte ihm Hals und Kopf vorsichtig, aber auch energisch, an die richtige

Stelle. Als Antwort versuchte eines seiner hübschen Hinterbeinchen noch mehrmals, mir – oder der Welt – ein paar Trittchen zu versetzen.
Endlich hatte das Fohlen gelernt, die erforderliche Haltung einzunehmen, und trank schmatzend. Bloß tropfte leider – wohl wegen des dabei fast unmöglich verdrehten Halses – mindestens die Hälfte der Milch seitlich am Mäulchen vorbei auf den Boden. Immerhin wurde Granat einigermaßen satt.
Erschöpft fielen dem Kerlchen die Augen vor Müdigkeit fast zu, während es noch eine Weile auf seinen dünnen Beinchen hin und her schwankte, ehe es sie einknickte und schlafend in die weiche Streu sank. Seine Mutter legte sich ebenfalls kurz dazu und preßte die Nachgeburt heraus.
Alles war also, so gut es ging, erledigt. Leise verließ ich die Box und schloß die Stalltür, um mit den Freunden und Helfern auf das Fohlen anzustoßen.

Sobald unsere Fohlen sicher stehen konnten, halfterten wir sie stets vorsichtig und banden sie kurze Zeit an. Dann fuhren wir ihnen mit weichen Bürsten und den Händen über den Körper und die Beine entlang, hoben, stützend gegen sie gelehnt, kurz jedes Hüfchen hoch und ließen es sorgfältig wieder auf den Boden gleiten. Das alles ein-, zweimal. Ganz zärtlich, ganz ruhig und natürlich an der Seite der Mutter.
Bisher hatte es noch mit keinem Fohlen Schwierigkeiten gegeben. Alle lernten wie von selbst und ohne jeden Kampf das Halftern, Angebunden-Stehen, Putzen und Hufegeben. Wenn unser Schmied das erste Mal gerufen wurde, gab es keinerlei Probleme.
Mit Granat wollte ich ebenso verfahren. Bereits am nächsten Tag stand er stramm und sicher auf seinen langen Beinchen. Leider bemerkte ich, daß er doch Schwierigkeiten mit dem Darmpech gehabt hatte. Es war nicht so reibungslos abgegangen, sondern klebte ihm an seinem kleinen Hinterteil und damit die Schweifrübe an demselben fest. Heftiges Schweifdrehen und -schlagen hatte die nackte, unbehaarte Haut un-

terhalb der Schweifrübe komplett abgerissen. Alles war rot, wund und verkrustet.
Ich stellte lauwarmes Wasser, eine milde Waschlotion und einen Topf schmerzlindernder und heilender Zinksalbe bereit, dann streifte ich vorsichtig das Halfter über den Fohlenkopf und ließ es hinter seiner Mutter her zum Anbindeplatz laufen. Keine Frage, daß es mit zornigem Schlenker ein Hinterhüfchen in Richtung meines Schienbeines schleuderte.
„Du, Trienke", sagte ich nachdenklich zu meiner Freundin, „ich glaube, Granat ist nicht ganz der richtige Name für das Fohlen, es scheint das falsch zu verstehen und denkt wohl eher an Handgranate."
Trienke lachte laut auf. Aber tatsächlich dachten wir im Laufe der Zeit mehr und mehr an eine Handfeuerwaffe.
Ich band Granat also locker an – und rupsch, mit einem Kopfschlenkern und lautem Quieken zog er zurück und fiel auf seinen Allerwertesten.
Früher oder später lehnt sich jedes Fohlen einmal gegen den Strick auf. Aber so schnell, wie dieser kleine Hengst sich wehrte, hatte es bisher noch keines zuvor getan. Nun ist der Trick mit dem Anbinden schon, daß kein Fohlen dabei jemals loskommen darf. Was es jetzt nicht schafft, wird es später auch nicht mehr versuchen.
Beruhigend streichelte ich den am Boden liegenden kleinen Hengst und hob ihn wieder auf seine Beine. Wütend verdrehte er noch ein paarmal seine Augen und warf sich zurück, bis er begriff. Vorsichtig strich ich ihm mit den Händen über das Fell. Mit deutlich verärgertem Gesichtsausdruck blieb das Fohlen stehen, um dann vehement auszuschlagen, als ich gleitend über seine Hinterbeine fuhr.
Ich versuchte es einige Male: Zuerst seitlich vom Hals streicheln, etwas massieren, dann Mähnenkamm kratzen, mit etwas Druck über die Rückenmuskeln bis zur Kruppe, dort ein wenig kraulend verharren und ohne die Berührung zu unterbrechen, seitlich am Hinterbein über den Sprunggelenkshökker ... „Patsch" und gleich noch zweimal „Patsch, patsch".

Wie der Blitz zuckte das weiße Hinterbein in meine Richtung. Na schön, ich ließ es dabei bewenden. Man kann so ein kleines Fohlen nicht Ewigkeiten anbinden und darf auch nicht zu viel verlangen. Nur leider mußte ich das verflixte Darmpech noch aufweichen und entfernen. Das war natürlich eine Tortour für den Kleinen – aber was blieb mir angesichts der offenen Wunden anderes übrig?

Manchmal habe ich später geglaubt, Granat wäre vielleicht deswegen so unleidlich geworden – aber genau besehen war er schon vorher schwierig. Oder sah ich etwas falsch?

Alle meine Freunde kamen, bewunderten und lobten das Hengstfohlen. Wie schön und wie groß es war, wie wunderbar seine Gänge seien. Es stimmte alles. Nur wartete ich darauf, daß vielleicht einer den stets irgendwie verärgerten, ja meiner Meinung nach oft regelrecht tückischen Augenausdruck bemerkte und erwähnte.

Niemand tat es. Und wenn ich sagte, daß das Fohlen recht heftig und schwierig sei, so antwortete jeder sofort, daß ein kleiner Hengst nun einmal viel lebhafter und heftiger sei als ein Stutfohlen. Aber das Hannoveranerhengstchen vom vergangenen Jahr war doch auch nicht so schwierig gewesen, und mein Connemarahengstfohlen Condor hatte sich bei allem Temperament stets ehrlich verhalten. Von den vielen Fohlen, die ich während meiner Berufsreiterzeit gepflegt habe, einmal abgesehen.

Immer wieder beobachtete ich zweifelnd dieses Fohlen. Wenn ihm irgend etwas nicht paßte, rannte es – wie alle Fohlen – zu seiner Mutter, um zu trinken. Doch dann sprang Devikha oft himmelhoch und schrie mitunter regelrecht auf, denn Granat biß sie heftig ins Euter. Das führte wohl ab und an dazu, daß selbst sie die Geduld verlor. Einmal beobachtete ich, wie sie ihren Sohn in eine Weideecke drängte und gehörig verprügelte.

Tagtäglich exerzierte ich fünf Minuten Halftern, Anbinden, Mit-der-Hand-übers-Fell-Fahren. Tagtäglich droschen die kleinen Hinterhufe wie Flegel in meine Richtung. Nach ein paar

Wochen drehte es mir erstmals langsam seinen Kopf zu und schaute mich mit den stets ein wenig geröteten Augen an. Vorsichtig streichelte ich die Nase, und es schnoberte über meine Schulter.

„Schau mal, Trienke", flüsterte ich meiner Freundin zu, „ich glaube, er will doch lieb sein." In diesem Moment ruckte das Fohlen den Kopf zurück und stieß beißend vor. Beinahe hätte es mir eine Brustwarze amputiert. Vor Schmerz schrie ich auf, während mir die Tränen in die Augen schossen, und in vollem Zorn hieb ich ihm mit der Faust auf die Nase, woraufhin es natürlich zurückfuhr und mit vorgestrecktem Hals – so weit von mir entfernt, wie es der Strick zuließ – abwartend stehenblieb.

Erbittert schaute ich es an, schüttelte aber dann Schmerz, Zorn und Enttäuschung ab und beendete mit beträchtlicher Vorsicht die wie stets von heftigem Ausschlagen begleitete Übung des Hufehochhebens, bevor ich das Fohlen freiließ.

„Bald wird er mir zu stark, und ich werde nicht mehr imstande sein, sein Bein zu halten. Irgend etwas muß ich unternehmen", sagte ich zu Trienke. „Ich glaube, das gibt einen richtigen Machtkampf."

„Ja, das glaube ich auch", stimmte meine Freundin mir zu. „Irgendwie mußt du ihm klarmachen, daß er zu tun hat, was du willst."

Granat erwischte mich mit seinen Tritten niemals mehr, abgesehen von dem ersten Mal am Tag seiner Geburt. Stets wich ich aus oder stand ich so, daß er mich nicht treffen konnte.

Einmal betrat ich die Box, als er sich mir tatsächlich friedfertig näherte. Erstaunt, aber auch mißtrauisch wartete ich ab. Das Fohlchen stellte sich an meine Seite, strich mit Kopf und Hals an mir vorbei – fast wie eine Katze –, zog seinen Körper dann nach und pfefferte im letzten Moment mit aller Wucht ein Bein gegen mich. Ich hatte aufgepaßt, wich aus und schlug ihm meinerseits kräftig mit der Hand auf das Hinterteil. Erschrocken und verärgert sprang es auf die andere Seite seiner Mutter.

Aber meine Versuche, ihn an die Berührung seiner Beine zu gewöhnen, schlugen nach wie vor fehl. Schließlich packte ich den nun wohl schon fünf Wochen alten Kerl und warf ihn um, einer Empfehlung aus irgendeinem Buch über schwierige und bösartige Pferde folgend. Mit geröteten Augen und vor Wut zähneknirschend stand Granat wieder auf. „Peng!" knallte sein Huf beim nächsten Versuch erneut in meine Richtung.
Da reichte es mir. Ich griff ihn, warf ihn um, setzte mich auf seinen Kopf und verdrosch ihn nach Strich und Faden mit der zuvor bereitgelegten Gerte. Dann ließ ich ihn aufstehen und probierte das Hufeaufheben erneut. Granat stand still. Rechtes Hinterbein, einmal, zweimal, linkes Hinterbein einmal, zweimal, noch einmal rechts, noch einmal links.
Tatsächlich stand er still und schlug nicht mehr. Ich belohnte ihn mit einem Leckerchen und viel Lob und ließ ihn frei. Nach mir hat er danach sein ganzes Leben lang nicht mehr getreten – jedenfalls nicht hinten heraus. Aber sein Blick blieb beim Hufeaufheben stets tückisch, wie ich einmal sah, als jemand anderes es für mich tat. Diesen Kampf hatte ich also gewonnen.

Ein wunderschönes Fohlen hatte ich, mit traumhaften, raumgreifenden Gängen. Wie würden die anderen Züchter und der Zuchtleiter schauen, wenn ich damit zur Fohlensammelstelle kam. Ich träumte davon, wie ihnen vor Bewunderung die Augen aus den Köpfen fielen.
Jedoch sollten in diesem Jahr zum Fohlenbrennen die Fohlen an ihrer Mutter angebunden vorgestellt werden. Mit all unseren Fohlen hatten wir das Mitgeführtwerden geübt und waren ein paarmal mit Mutter und Kind ausgeritten. Gerade meine ruhige, straßensichere Devikha war bestens geeignet, ihren Kindern gutes Benehmen beizubringen. Außerdem gewöhnen die Fohlen sich dann schon einmal an den Anblick eines Reiters von oben. Flieder beispielsweise ging freudig auf Ausritten mit. Allerdings war in diesem Jahr ein gewisser Erfolgs-

zwang dabei. Granat *mußte* es lernen, die anderen Fohlen hatten es einfach so gelernt, weil wir uns aus Freude an ihnen gern mit ihnen beschäftigten.
Deshalb sattelte ich also auch in diesem Jahr die Stute und führte das Fohlen an ihre rechte Seite. Ein kurzes Stück Führen kannte ja auch Granat von dem täglichen Üben. Locker band ich dann einen zweiten Führstrick am vorderen Sattelstrupfen an. Sonst kann es nämlich passieren, daß so ein Fohlen mal im Schreck einen Satz tut und entweder freikommt oder aber den Reiter aus dem Sattel reißt. Natürlich muß dieser Strick etwas länger sein als die vom Reiter gehaltene Leine. Dadurch entsteht ungefähr derselbe Effekt wie mit dem Bindfaden, den man im Anbindestrick in einer Schlaufe einknotet. Im Falle von heftigen Rucken reißt zuerst der Bindfaden, bevor das Pferd sich gegen das Ende des Strickes wirft, und das Pferd hält verblüfft inne, ohne sich auf die Hinterbeine zu setzen oder gar Halfter und Strick zu zerreißen.
An diesem Tag also forderte ich Granat auf, der Führleine zu folgen, während seine Mutter im Schritt losmarschierte. Granat folgte ein paar Meter, dann warf er sich blitzschnell zurück, eine Art quietschendes Grunzen von sich gebend, und lag am Boden.
Erschrocken stieg ich ab, ging um Devikha herum und löste erst einmal das Halfter. Dann half ich dem Fohlen auf und murmelte ihm beruhigend und tröstend zu. Willig ließ es sich wieder halftern, denn dafür gab es stets ein Leckerchen. Erneut band ich es an der Stattelstrupfe an – noch etwas länger diesmal – und wiederholte die Prozedur. „Quietschgrunz“, und da lag es schon wieder am Boden.
Es dauerte noch eine Weile, bis ich begriff, daß Granat sich absolut weigerte mitzulaufen. Als er sich zum x-ten Male hinwarf, entschloß ich mich zum Handeln. Ich stieg auf und gab Devikha, die die ganze Zeit über gelassen und brav immer wieder angehalten hatte, den Befehl, ihren Sohn zu ziehen. Sie zögerte keineswegs, sondern schritt auf meinen Wunsch hin energisch aus, ihr am Boden liegendes Fohlen am Sattelgurt

mitschleifend. Nach ein paar Metern stoppte ich wieder, und meine Freundin Trienke schrie Granat von hinten heftig an. Da endlich rappelte er sich hoch und ging – o Wunder, welche Erleichterung – brav an der Seite seiner Mutter.

Ich wagte mich kaum im Sattel zu rühren. Vorsichtig, um nur nichts zu provozieren, murmelte ich lobende und beruhigende Worte, während wir die kleine Straße überquerten und auf den dahinterliegenden Feldweg einbogen. Hier war alles rechts und links überschaubar bis zum nächsten Feld. Auf gar keinen Fall wollte ich, daß irgendeine lockere Plastikplane oder etwas anderes für Pferde Unheimliches oder Erschreckendes das Fohlen wieder in seine Trotzhandlungen verfallen ließ. Nach wenigen hundert Metern drehte ich deshalb behutsam um. Auf dem Rückweg riskierte ich schließlich einen langsamen Trab. Willig lief Granat mit.

Erleichtert parierte ich vor dem Sträßchen wieder durch und ritt im Schritt, mich vorsichtig umsehend, darauf zu. Gott sei Dank – kein Fahrzeug in Sicht. Laut klapperten Devikhas Hufe, als wir das Pflaster betraten. Doch genau als wir uns in der Mitte der Fahrbahn befanden, ertönte neben mir das nun schon so bekannte Quietschen und „Klack!“, schlug Granats Kopf im Fallen auf das Pflaster. Verflixt aber auch. Warum bloß jetzt noch einmal? fragte ich mich, schließlich bin ich allein.

Gerade hatte ich meinen rechten Fuß aus dem Bügel gezogen, um abzusitzen, als ich einen Lastwagen sich nähern hörte. Die Straße machte hier eine Biegung, und wegen des dichten Baumbestands würde der Fahrer uns erst im letzten Moment sehen können. Was nun?

„Trienke, Trienke!“ rief ich laut. Aber konnte sie mich denn hören?

Schon röhrte der Lkw, vor der letzten Kurve herunterschaltend, nun nur noch wenige hundert Meter von uns entfernt. Wir mußten von der Straße herunter, das half jetzt alles nichts. Entschlossen drückte ich Devikha meine Waden in die Seite. Die Brave zog gehorsam und kräftig an, ihr renitentes

Fohlen über das harte Pflaster schleifend, bis es sich, in der Hofeinfahrt angelangt, von selbst auf seine Füße hievte.
Mein Herz klopfte zum Zerspringen, und meine Beine fühlten sich weich an, während der Lkw mit laut klapperndem und schlagendem Anhänger die Straße hinter uns passierte. Die Bremsen zischten, als er vor der nahegelegenen Hauptstraße verlangsamte.
Geschafft, wir waren in Sicherheit. Bloß wie sah mein schönes Hengstfohlen aus? Von seinem linken Ellbogen troff aus einer wohl fünfzehn Zentimeter langen Riß- oder Schürfwunde Blut, während seine linke Nüster seltsam verformt war. Die Unterlippe klappte schlaff herunter.
Doch jetzt stieg, wie immer, wenn ich mich zu sehr erschrokken habe, Zorn in mir hoch. Dieser Satansbraten aber auch! Mir solche Schwierigkeiten zu machen.
„Trienke", rief ich meiner inzwischen aufgetauchten Freundin zu, „hol die lange Peitsche ohne Schnur, jetzt wird er das lernen – oder nie!"
Noch eine gute halbe Stunde ritt ich über unsere Weiden, über schlammige Stellen, umrundete unsere alte, windschiefe Scheune, passierte ein etwas aufgeblähtes plastikabgedecktes Maissilo auf dem Feld – und immer, wenn der kleine Teufel versuchte, sich hinzuwerfen, traf ihn ein kräftiger Hieb von Trienke, so daß er es sich schnell anders überlegte. Als er zehn Minuten lang in Schritt und Trab ohne Schwierigkeiten mitgelaufen war, hörte ich auf, stieg ab und telefonierte dem Tierarzt, damit die Wunden des Fohlens verarztet wurden.
Der verletzte Trigeminusnerv (Gesichtsnerv – zieht sich über jede Gesichtshälfte und über das Jochbein) heilte bei dem jungen Tier innerhalb von wenigen Tagen, während die ausgedehnte Schürfwunde das Bein längere Zeit anschwellen ließ und Granat eine langgestreckte Narbe zurückbehielt. Wahrscheinlich hatte auf dem Pflaster, über das seine Mutter ihn auf meinen Befehl hin schleifte, ein Stein gelegen.

(Granat behielt zeit seines Lebens eine merkwürdige Scheusucht bei, die sich auf irgendwelche Flecken am Boden, hellere oder dunklere Schattierungen im Straßenpflaster oder winzige Markierungen bezog. Jeder fremde Weg, jede unbekannte Straße mußten vor dem ersten Betreten erkämpft werden. Seine Furcht vor für mich oft nicht wahrnehmbaren Schatten auf dem Straßenpflaster brachten uns mitunter in äußerste Gefahr, weil er dann abrupt irgendwohin sprang, ganz gleich, was da kam oder war: Autos, Traktoren, Gräben etc., oder eben sich beinahe hinlegte, indem er die Beine einknickte und sich auf die Hufzehen stellte. Später einmal las ich, daß Pferde mit Sehfehlern sich so verhalten können, und ich denke, Granat gehörte zu diesen.)

Laut dröhnte der Lautsprecher über den Platz, während ich die Stute und ihr Fohlen aus dem Hänger holte. Beim Verladen hatte es keinerlei Schwierigkeiten gegeben. Aus der damaligen Erfahrung mit der kleinen Flieder klug geworden, hatte ich unsere tägliche Anbinde- und Putzübung um eine Führübung an und um den Hänger herum erweitert und führte Granat schließlich einige Male in ihn hinein.
Sein Fell glänzte wie eine reife goldene Orange, während die Mähne und sein Schweif flachsfarben im Wind wehten. Er war kein Dunkelfuchs geworden, auch kein Palomino, aber eben doch ein wunderbar goldglänzender schöner Hellfuchs. Alles an ihm war perfekt, sein geschwungener Hals, sein arabischer Kopf mit den jetzt fast schwarz umrandeten Augen, seine langen Beine, seine wunderbar schräge Schulter ... Dazu die dunkle Devikha, die immer und überall Bewunderung und Aufmerksamkeit erregte. Voller Stolz betrachtete ich selbst meine beiden.
Langsam führten die Züchter ihre Stuten im Kreis, ein jedes Fohlen am Voltigiergurt rechts innen an die Seite der Mutter gebunden. Dann trabten wir an, und während andere Fohlen sich um ihre Mütter drehten, quirlten und in den Leinen verhedderten, zogen Granat, Devikha und ich schön nebenein-

ander außen an allen anderen vorbei an die Spitze – wo wir ja auch meiner Meinung nach hingehörten.
So ließ sich aber beim besten Willen kein Fohlen richtig beurteilen, deshalb ordnete der Zuchtleiter an, jetzt die Fohlen frei laufen zu lassen. Trienke übernahm Devikha, während ich Granats Halfter löste. Alle anderen Fohlen tobten schon im Kreis, während er neben mir blieb, mich aufmerksam ansah und um ein Leckerchen bettelte.
„Nun lassen Sie doch das Fohlen schon los!" schnauzte der Zuchtleiter durch den Lautsprecher, aber Granat war ja frei; er wollte nur paradoxerweise jetzt nicht allein laufen und demonstrierte außergewöhnliche Anhänglichkeit an mich. Energisch klatschte ich in die Hände: „Kuschschsch!"
Hengstig schlenkerte er da mit seinem Hals, die Mähne werfend, um dann schließlich loszustieben, als nähme er all die anderen Pferde und Fohlen erst jetzt wahr. Himmelhoch bockte er und tobte nach vorn, um dann in einem wundervollen Trab dahinzuschweben, als kenne er keine Erdenschwere und keine Erdanziehungskräfte. Sein Hals blieb dabei stolz geschwungen, den Schweif trug er wie ein Dressurpferd.
Reichlich verwirrt nahm ich die mir überreichte Plakette entgegen.
„Aber es steht mir gar keine Züchterprämie zu. Meine Stute hat keinen Abstammungsnachweis", murmelte ich halblaut.
Der Zuchtleiter lächelte: „Na ja, soviel Mühe und ein so schönes Ergebnis müssen auch belohnt werden", antwortete er. Man hatte an meinem Fohlen keinen Makel finden können.

Etwa zwei Wochen nach dem Fohlenbrennen:
„Ach", sagte der Tierarzt, „das ist doch nicht so schlimm. Es müssen nur die Trachten etwas gekürzt werden, er steht zu sehr auf der Zehe – da schon von einem Bockhuf reden zu wollen, ist übertrieben – rufen Sie den Schmied an, und alles kommt in Ordnung."

Der Schmied kam noch am selben Tag und kürzte wunschgemäß die Trachten vor allem am rechten Vorderhuf. Auch er fand meine Besorgnis übertrieben.
„Das kriegen wir schon hin, keine Sorge, Sie werden sehen, in zwei – höchstens drei Tagen läuft der wieder ganz normal."
Doch in den nächsten Tagen beobachtete ich beunruhigt, daß Granat nun wegen der gekürzten Trachten gar nicht mehr den ganzen Huf belastete, sondern auf der Hufspitze – der Zehe – lief. Tierarzt und Schmied rieten auf meine verzweifelten Anrufe hin zu mehr Geduld.
Wenige Tage später starrte ich entsetzt auf Granats linken Vorderfuß, als er mir auf der Weide entgegenkam. Er hatte den Huf einfach nach hinten umgeknickt und lief – einem Krüppel gleich – auf der Wand. Die Hufspitze war abgebrochen.

Etwas ratlos kaute unser Tierarzt auf seiner Unterlippe, als er sich diese Bescherung betrachtete, dann riet er zu einem orthopädischen Hufschuh. Er wußte auch eine Firma, die solche Plastik-„Eisen" herstellte.
Der Vertreter der Firma kam sofort. Hoffnungsvoll betrachtete ich nach einem langwierigen Aufklebeprozeß Granats nun wenigstens nicht mehr nach hinten geklappten Fuß.
„Und daß Sie das Fohlen nur ja nicht auf die Weide lassen! Es muß jetzt unbedingt hart stehen. Entfernen Sie Stroh und Sägemehl aus der Box!"
Seufzend fügte ich mich. Dabei liebte ich es so sehr, wenn die Pferde weich und gemütlich liegen konnten. Für Granat begann eine lange Zeit des Eingesperrtseins. Glücklicherweise war es schon Spätherbst.
Der Hufschuh kostete gute hundertfünfzig Mark, von Tierarztkonsultationen und Schmiedkosten einmal abgesehen. Vom korrekten Stand beim Fohlenbrennen bis jetzt waren übrigens nur knapp drei Wochen vergangen.
Doch Plastik ist ein weiches Material. Bereits nach wenigen Tagen nutzte sich der Hufschuh an der Zehe deutlich ab.

Granats Stellung wurde wieder steiler. Der Vertreter der Firma kam und befestigte für noch mehr Geld einen neuen Hufschuh an Granats Fuß, nun mit einer Metalleinlage an der Hufspitze. Ohne Erfolg. Der Metallhalbring fiel einfach heraus und ging verloren, als das Plastik nach wenigen Tagen durchgescheuert war.
Die Spezialistenfirma wußte daraufhin auch keinen Rat mehr und schlug eine Operation vor. Dazu muß die Sehne durchschnitten werden. Eine Vorstellung, die mir gar nicht behagte, von den Klinikkosten einmal abgesehen. Unser alter, erfahrener Schmied riet ebenfalls ab. Er wollte lieber einen richtigen orthopädischen Beschlag verpassen.
Es fehlte auch keinesfalls an dem häufigen gutgemeinten Rat von seiten der Reitervereinsleute, dem Krüppel schnellstmöglich den Hals abzuschneiden. (Wenn man ein Pferd rein nach dem Kosten-Nutzen-Verhältnis beurteilt, ist das kein abwegiger Gedanke. Granats Huf hat insgesamt bis zu seinem dritten Lebensjahr an Tierarzt- und Beschlagskosten sowie anderen therapeutischen Maßnahmen Tausende von Mark gekostet. Nie wäre es möglich gewesen, bei einem Verkauf auch nur annähernd den Preis zu erzielen, der allein diese Kosten gedeckt hätte. Ich denke aber im Zusammenhang mit Pferden nicht in „Kosten-Nutzen-Verhältnissen". Meine Pferde waren meine lebendig gewordenen Träume. Wer kann den Preis für einen Traum bestimmen?)
Ich vertraute dem Schmied. Es folgte ein langes, zähes Ringen mit Granats Tendenz, immer wieder die Trachten hochzuziehen. Übrigens sah der ungleichmäßig – hinten schneller als vorn – wachsende Huf mit deutlichen, unregelmäßig-wulstigen Ringen wie ein Rehehuf aus. (Hufrehe ist eine Stoffwechselerkrankung der Pferde, bei der die Hufe deformieren.) Meine Gedanken kreisten fast ständig um Dinge wie orthopädische Eisen, Halbmondeisen, vorstehende oder vorn erhöhte Eisen und untergeschobene Keile (die immerzu verschwanden, weil Granat sie in unbeobachteten Augenblicken geschickt mit den Zähnen wieder herauszog, wie ich eines

Tages, hinter der Tür durch die Ritzen schielend, beobachten konnte).
Mit drei Jahren war der Stand des linken Vorderhufes einigermaßen normal, doch ist Granat sein ganzes kurzes Leben lang niemals ohne Beschlag gelaufen.

Es wäre wohl nicht Granat gewesen, wenn die unvermeidliche Kastration im Alter von einem Jahr komplikationslos verlaufen wäre.
Leider konnte unser bewährter Doktor nicht kommen. Er schickte einen Vertreter, seinen neuen Assistenten, welcher sich im Kastrieren als reichlich unerfahren erwies. Mein betäubter Granat zeigte auch in Narkose ein furchtbar wütendes Gesicht. Ich kniete mit meinem ganzen Gewicht auf seinem Kopf, um ihn unten und ruhig zu halten, während der Tierarzt an ihm herumschnippelte, als habe er ein stumpfes Messer oder als bearbeite er ein besonders zähes, altes Stück Fleisch. Mindestens eine halbe Stunde lang dauerte der Eingriff, bei dem Granat machtlos mit den Zähnen knirschte und die roten Augen rollte.
Natürlich bekam er hinterher eine Entzündung. Und als Fieber und Krankheit vorüber waren, bildeten sich an den schlecht verheilten Narben große Wucherungen. Der Tierarzt schlug eine nahegelegene Tierklinik vor, in der die Geschwulste wegoperiert werden sollten. Aber eine solche Behandlung überstieg meine finanziellen Möglichkeiten bei weitem. Woher sollte ich bloß so viel Geld nehmen? Der von meiner Bank eingeräumte großzügige Kreditrahmen war ohnehin schon überschritten. Pferde halten ist nun einmal teuer. Ich war schließlich nur eine kleine Angestellte und besaß keinen Goldesel.
Wieder war unser guter, erfahrener Schmied der Retter in der Not. Er wußte von einem alten – von ihm im Krieg erprobten – Mittel, der „Burowschen Mischung“, und schlug eine Behandlung damit vor. Dieser kluge alte Mann hatte schon oft

recht gehabt und war mir immer mit gutem Rat behilflich gewesen. Ich vertraute ihm.
Das erste Mal strich der Hufschmied die angerührte Paste selbst auf, während ich den Jährling am Kopf hielt. „Pang!" schlug Granats Huf geradezu zischend durch die Luft und knallte auf die Wand, die daraufhin einen deutlichen Riß im Mauerwerk aufwies. Ach du meine Güte! Wie sollte *ich* diese Paste mehrmals täglich allein auftragen?
Aber seltsamerweise verhielt sich Granat dann bei mir vollkommen ruhig und ließ sich friedfertig verarzten. Nach kurzer Zeit schrumpften die Geschwüre tatsächlich und verschwanden schließlich ganz.
Die alten Streitereien mit dem Fohlen waren mehr oder weniger vergessen. Jetzt kam ich recht gut mit ihm aus – meistens jedenfalls. Trotzdem konnte ich Granat nie ganz trauen. Er war so heftig und schnell in seinen Reaktionen. Eine Zeitlang gefiel er sich darin, blitzschnell in seiner Box von hinten nach vorn zu schießen, um vorübergehenden Leuten in den Kopf zu beißen, so daß ich zusätzliche Latten anbringen lassen mußte. Denn obwohl er bei jeder Abwehrbewegung der von ihm attackierten Leute heftig zurücksprang und sich jedesmal gehörig den Kopf anstieß, ließ er den gefährlichen Unsinn nicht. Immer noch sehe ich ihn vor mir, wie er die Augen verdrehte, wenn seine Nase sich am oberen Balken stieß, immer noch klingt mir unangenehm das dumpfe Geräusch in den Ohren, wenn sein Kopf gegen das Holz schlug. Er tat sich oft selbst so furchtbar weh.

Im Sommer blieben die Pferde auch nachts draußen. Jeden Abend brachte ich ihnen Wasser auf die Weide und fütterte sie mit Möhren und Äpfeln. Granat, Ginger, ein weiteres Hengstfohlen und Flieder standen vor mir, während Fouchur, ein brauner Wallach, sich langsam näherte. Fouchur war der Boß der kleinen Herde.
Granat knabberte an meinen Händen, als ich gleichzeitig ein Zischen und einen dumpfen Schlag hörte und Fouchur zu-

rücktaumeln sah. Wäre nicht dieses Zischen der Luft gewesen und hätte ich nicht etwas Weißes blitzen sähen, es wäre mir unerklärlich geblieben, was passiert war. Granat hatte mit seinem Hinterbein bei allerfreundlichster Miene mir gegenüber ohne irgendwelche Anzeichen von Aggression so heftig ausgetreten, daß wir abends für den braunen Wallach den Tierarzt holen mußten. Fouchur hatte eine Gehirnerschütterung, sein Nasenbein war gebrochen und der Tränenkanal verletzt. Zeit seines Lebens behielt der edle Braune ein ständig triefendes Auge zurück. Keine Frage – mein schönes Hengstfohlen war mir unheimlich. Solch ein Tritt wie dieser hätte einen Menschen getötet.

Übrigens glaubten mir viele Leute nicht, wenn ich sie vor Granat und vor allem vor seinen Hinterbeinen warnte. Er war doch so hübsch, sah so hinreißend aus. Er erweckte wohl in vielen so etwas ähnliches wie ein „Furygefühl": „Wunderschönes wildes Pferd, wurde immer nur falsch behandelt und wird von ihn liebendem Menschen = einsamem Waisenkind errettet, dem es dann einzig und allein für immer und ewig in Treue ergeben ist – amen."

(Ganz im Gegensatz zu den widerwärtigen menschlichen Artgenossen, welche niemals in Treue ergeben sind. Bloß war im Grunde genommen ironischerweise ich das Waisenkind.)

Das kannte ich auch schon von anderen schwierigen Pferden. Jeder glaubte, er würde das Tier hinkriegen – und machte sich nur unglücklich damit. Leider oder Gott sei Dank biß Granat schließlich eben doch denjenigen mal unverhofft in den Kopf, weswegen die gleichen Leute ihn dann ein undankbares, tükkisches Biest schimpften.

Energisch verbot ich es Jugendlichen, auf allen vieren über meine Weiden zu robben und sich bei Granat anbiedern zu wollen. Aber viele glaubten, ich gönne dem armen Pferd nur keine Liebe.

Immerhin zeigte Granat mir gegenüber gewöhnlich Anhänglichkeit und kam stets sofort auf meinen Ruf. Auch folgte er mir überallhin. Es war mir kaum möglich, die Zäune zu kontrollieren, wenn er auf der Weide war, weil er ständig hinter mir her dackelte und mich genußvoll störte. Dabei sah er dann wirklich sehr übermütig und lausbubenhaft aus. Aber die Erinnerung an seine zischenden Huftritte dämpfte meine Freude an ihm.

Als er gut zwei Jahre alt war, begann ich, ihn zu longieren. Ein halbes Jahr später saß ich erstmals auf und ritt ihn ein paar Runden. Mit dem schließlich Dreijährigen trainierte ich dann kontinuierlich.

Granat war leider ein unbequemes Reitpferd. Unser Zuchtleiter hatte recht gehabt, als er mir seinerzeit erklärte, daß Araber gewöhnlich zu wenig Gang hätten – „aber wenn sie mal schwungvoll traben können, dann haben sie sooo 'nen Wurf!" Immer noch sehe ich den Mann vor mir, wie er mit der rechten Hand hochging, um mir mindestens einen halben Meter Zwischenraum zwischen dem Pferderücken und dem Reitergesäß anzudeuten.

Er hatte wirklich recht. Granats Trab war menschenquälerisch – ganz gleich, wie schön er dabei aussah. Mein lädiertes, verschlissenes Kreuz mit dem dauernd eingeklemmten Ischiasnerv litt nun ständig.

Er war sehr gelehrig und intelligent – bloß leider auch unberechenbar. Seine plötzlichen Einfälle, seine Luftsprünge, Kapriolen, Sätze waren dabei noch leichter zu ertragen als seine Verhaltenheit, sein abruptes Abstoppen und seine Eigenwilligkeit. Am Anfang glaubte ich, er wolle steigen. Angstvoll beobachtete ich ihn und saß mitunter ab, wenn er allzu zäh stehenblieb. Dann führte ich ihn an der schwierigen Stelle vorbei und stieg wieder auf. Ich wollte ihn auf gar keinen Fall provozieren. Immer wieder nahm ich ihn auch an die Longe. Aber seine Verhaltenheit blieb. Ungeheuer zäh zog er mitunter gegen die Leine, all meine Kräfte beanspruchend. Sein Hals und seine Ganaschen waren wunderbar. Nichts war zu eng, aber er war einfach manchmal unlustig. Diese Unlust war auch im Umgang zu spüren.

Immer noch schoß er von Zeit zu Zeit mit gefletschten Zähnen hinter mir her, wenn ich seine Box verließ, seiner schlechten Laune unverkennbar Ausdruck verleihend. An solchen Tagen stand er oft da, den Kopf über eine Boxwand gelegt, und rollte die Augen, an denen dann das Weiße etwas gerötet war. In dieser Stimmung versuchte er, jeden Vorübergehenden zu beißen. Verärgert und zornig hoben die so Angegriffenen die Hand gegen ihn, und er schlug sich – zurückspringend – jedesmal gehörig den Kopf an einer eisernen Verstrebung.
Ich hatte inzwischen meinen eigenen Stall und alle Pferde bis auf Flieder und Granat aufgegeben. Diese beiden stellte ich woanders unter. Hier aber konnte ich nicht einfach Latten anbringen. Schließlich verschloß ich die Ausgangstür an seiner Seite, damit niemand mehr diesen Durchgang benutzen konnte.
Doch auch ich geriet immer wieder mit ihm aneinander. Er war so enttäuschend. Eine Woche, zwei Wochen lang ließ er sich wunderbar reiten, um dann wieder renitent zu werden. Es brauchte fast drei Jahre, bis ich beobachtete, daß darin ein Rhythmus lag. Er war etwa alle drei Wochen schlechtgelaunt, blieb es einige Tage lang, um dann wieder für zwei Wochen friedlich und ruhig zu sein. Aber als ich das begriff, war schon alles zu spät. Sonst hätte ich ihn einfach während seiner unleidlichen Phasen auf die Weide gebracht, anstatt mit ihm herumzustreiten.

Fast weinte ich, als ich die Videoaufnahmen sah und die Kommentare der anderen Pferdefreunde dazu hörte. Kaum einer sagte etwas zu der Vorstellung meiner lieben, gutmütigen Flieder, die so fleißig ihr Bestes gegeben hatte und alle Dressuraufgaben sauber absolvierte. Leider war sie nicht so schön gebaut und hatte einen langweiligen, schwunglosen Trab.
Dagegen Granat, noch recht unerfahren – ja –, aber der sah ganz anders aus. Die Mätzchen dazwischen, die er vollführte,

fielen gar nicht größer auf gegen ein insgesamt harmonisches Bild. Ein schönes, abgedrehtes, schwungvolles Pferd in meistens perfekter Reithaltung sprang zwar mal ein wenig in die Mitte, scheute, gehorchte beim Angaloppieren nicht, weil abgelenkt und unkonzentriert – aber nun ja, was sich so unbequem und schwierig anfühlte, wirkte von außen betrachtet wunderbar geschmeidig und leicht. Flieder dagegen – tja –, die sah eben nach gar nichts aus mit ihren engen Ganaschen, ihrem etwas hängenden Rücken und extrem überbaut, wie sie mit knapp sechs Jahren immer noch war und wohl bleiben würde.
Fast jeden Tag überlegte ich, was ich bloß tun sollte. Eigentlich wollte ich nur noch *ein* Pferd haben. Die Kosten für zwei Pferde waren zu hoch, die Arbeit wurde mir mehr und mehr zu viel. Ein Pferd am Abend trainieren war noch Spaß, zwei reiten dagegen war Arbeit, die mir nach meinem Acht-Stunden-Tag nun schwer und schwerer fiel. Aber ich wollte eben auch gern auf Turniere gehen, ein bißchen Dressur reiten.
Flieder – die Sanfte, Gute, Vielgeliebte – war einfach allenfalls zum Spazierenreiten zu gebrauchen. Mitunter machte ich mir Hoffnungen. Sie würde es lernen. War nicht schließlich doch noch ein Mitteltrab anzutrainieren gewesen? Aber ihr fiel das alles schwer – und sie mochte die Dressurreiterei nicht. Es war ihr immer anzumerken, daß sie nicht verstand, weshalb ich sie in diese unbequeme Reithaltung preßte. Sobald ich sie lobte, riß sie überglücklich den Kopf in die Höhe, ganz der arabische Stolz.
Granat dagegen war ein Naturtalent. Bloß wollte er ebenfalls nicht, oder wenigstens aus unerfindlichen Gründen immer wieder zeitweilig nicht. Dazu war er grauenhaft unbequem. Ich würde niemals imstande sein, in schöner Haltung auf ihm zu sitzen – ich wurde zu alt für solch ein anstrengendes Pferd. Auch zum Spazierenreiten war der Wallach nicht geeignet. Niemals konnte ich es wagen, einen anderen Reiter auf ihn zu setzen, wegen seiner unvermittelten Einfälle, seiner Verhaltenheit, seiner Unberechenbarkeit. Übrigens versuchte einmal

ein Freund aufzusitzen, als er ihn festhalten sollte, aber Granat wich minutenlang aus, sich aufgeregt im Kreise drehend. Wir stellten fest, daß er niemandem außer mir erlaubte, sich auch nur dicht neben ihn zu stellen.

Einmal trabten meine Freundin auf Flieder und ich auf ihm hübsch nebeneinander einen Weg entlang, als mein Wallach plötzlich himmelhoch ausschlug und mit dem Hinterhuf den Oberarm meiner Freundin traf. Dabei hatte er sich nur gerade eine Nasenlänge vor Flieder geschoben, als er mit allen vieren wieder den Boden berührte.

Immer saß ich auf ihm wie auf dem sprichwörtlichen Pulverfaß, so daß auch unsere Ausritte nicht gerade zu meiner Entspannung beitrugen.

Er war also schön und begabt, aber unbequem und schwierig; Flieder dagegen zeigte mir gegenüber innigste Anhänglichkeit, war im Wesen ein wahrer Sonnenschein, dazu angenehm zu sitzen und ohne größere Schwierigkeiten zu reiten. Nur leider konnte sie wegen ihres ungünstigen Körperbaus meine Dressurehrgeize nicht befriedigen, gleichgültig, wie gehorsam sie auch schwierige Übungen durchführte. Doch ich liebte sie, und der Gedanke, sie zu verkaufen, war mir deshalb unerträglich.

Wenn ich nur ein Pferd behalten wollte, mußte ich mich entweder gegen die Liebe oder gegen jeden Erfolg entscheiden.

Genußvoll wusch ich Granats Schweif und verlas ihn. Granat schaute ausgesprochen schlechtgelaunt drein. Er haßte diese Prozedur, obwohl ich ihn immer reichlich mit Lob und Lekkerchen belohnte. Dann wusch ich ihm die Hufe und fettete sie ein. Nun noch etwas Fellglänzer aufgetragen und eingerieben, damit morgen früh das Putzen schnell und leicht ging. Fertig.

Trotzdem. Der Wallach war noch ein wenig feucht. So mochte ich ihn nicht in den Stall stellen. Langsam führte ich ihn in der Sonne den Weg auf und ab.

Da kam Anke angeradelt, ein achtzehnjähriges Mädchen, ebenfalls begeisterte Reiterin. Etwas atemlos sprang sie vom Rad.

„Hallo, wie geht es dir? Ist das etwa dein Wallach? Meine Güte, ist der schön. Das wäre etwas für mich. Was meinst du, willst du ihn an mich verkaufen? Läßt er sich gut reiten?"

„Er geht nicht schlecht, vor allem hat er Supergänge – springen kann er auch. Was würdest du denn zahlen wollen?"

„Kann ich so schnell nicht sagen, vor allen Dingen nicht zuviel. Mach doch mal einen Vorschlag!"

In Gedanken überschlug ich all meine Entscheidungsprobleme. Dieses Mädchen war sicherlich viel geeigneter zum Reiten von Granat. Sie war jung und litt nicht unter ständigen Rükkenschmerzen. Granat war ein Wallach und hatte mütterlicherseits keine Abstammung. Sein Marktwert war nicht allzu hoch.

„Mhmh, viertausend müßte ich schon dafür kriegen", antwortete ich langsam.

Hingerissen starrte das Mädchen auf das Pferd. „Er gefällt mir wirklich gut, könntest du ihn vortraben?"

„Na klar, warte."

Damit wendete ich noch einmal und trabte den vorführgeübten Wallach an. Schwungvoll setzte er sich in Bewegung, während ich mich bemühte, mit Riesenlaufschritten an seiner Seite zu bleiben. Ich paßte auf, daß der Führstrick leicht durchhängend und locker in meiner rechten Hand lag, damit das Pferd nicht in seinen natürlichen Bewegungen behindert wurde – als mich von hinten ein kräftiger Schlag traf.

Ich brauchte ein paar Sekunden, bis ich begriff, daß Granat einen kleinen Schlenker vollführt hatte, um mir mit dem linken Hinterhuf von hinten nach vorn ins Gesäß zu treten. Wütend drehte ich mich um, schrie ihn an und hieb ihm das Ende des Führstrickes über die Rippen, bevor ich mein malträtiertes Steißbein rieb. Dann humpelte ich auf die nur wenige Meter entfernt auf einem Zaunpfosten sitzende Anke zu. Tatsächlich bereute ich meine heftige Reaktion schon wieder,

aber es war mir so vorgekommen, als habe der Wallach wegen der ihm verhaßten Wascherei jetzt plötzlich hinterhältig seine Frustration herausgelassen.
„Ach, entschuldige, ich bin manchmal so unbeherrscht. Granat hat einfach einen Luftsprung gemacht. Er ist jung und übermütig."
„Nee – denke ich eigentlich nicht", sagte Anke gedehnt, während sie den Fuchs nachdenklich musterte: „Ich glaube, er hat das richtig mit Absicht getan, ich habe seinen Gesichtsausdruck deutlich gesehen."
Sie sprach nicht mehr über irgendeinen Kaufpreis. Das Thema war gestorben.

Verhalten trabte Granat über das Dressurviereck. Es war seine erste A-Dressur, die wir auf dem nahegelegenen Turnierplatz vorstellten.
Der Himmel war grau verhangen, der Boden naß, rutschig und schwer. Kurz nach unserem Start fing es auch noch an zu regnen.
Wie immer, wenn Granat sich unsicher fühlte, war er die Anhänglichkeit und Bravheit in Pferdegestalt. Viel war von ihm heute nicht zu befürchten. Aber der tiefe Boden machte seine Bewegungen für mich noch unbequemer, und es war noch schwieriger, ihn zu treiben. Fast erleichtert fühlte ich beim Angaloppieren an der kurzen Seite seinen Bocksprung. Damit löste er sich wenigstens ein wenig. Tatsächlich, nach dem einfachen Galoppwechsel gelang auch das Durchparieren. Der Übergang zum Mitteltrab war leidlich leicht und flüssig.
„Sechskommaacht", bewertete ich innerlich unsere Vorstellung. Enttäuscht hörte ich deshalb das „Sechskommanull" der Richter. Sie kritisierten aufs heftigste meine schlechte Haltung und die flatternden Schenkel. Darüber hinaus meinten sie, ich müsse das „allerdings ausgezeichnete" Pferd mehr vorwärtsreiten. Leicht gesagt, aber mehr schaffte ich einfach nicht, und besser konnte ich auf dem Wallach nicht sitzen.

Der Reitlehrer, bei dem ich das „Silberne Abzeichen“ abgelegt hatte, stand plötzlich am Rande. Er hatte unsere Vorstellung beobachtet.
„Du, der ist wirklich nicht schlecht. Ihr müßt beide nur etwas Schliff haben. Das bringt nichts, wenn du immerzu nur allein reitest. Du brauchst Korrektur.“
Er hatte recht. Deshalb vereinbarte ich mit ihm Einzelstunden. Nächsten Monat würde ich meinen Herbsturlaub nehmen und dann fünfmal in der Woche mit Granat zu ihm fahren. Ein teurer Spaß war das schon, aber andererseits - sollte ich mir niemals etwas leisten? Wenn Granat und ich besser wurden, würde es mir vielleicht möglich sein, mich für eines meiner beiden Pferde zu entscheiden. Vielleicht konnte ich ihn auch nach ein paar gelungenen Vorstellungen gut verkaufen.

Tarotkartenlegen war schon immer ein probates Mittel von mir, herauszufinden, was ich meinte, fühlte oder wollte.
Während ich die Karten mischte, fragte ich mich: Ich werde jetzt mit Granat einen Kursus belegen, anschließend werde ich eines von meinen beiden Pferden verkaufen. Wie werde ich mich entscheiden?
Die Karten antworteten stupide. In der Zukunft stand die Entscheidung, als abschließendes Urteil zeigte sich der Tod (welcher auch eine plötzliche Veränderung bedeuten kann). Zornig warf ich das Spiel in die hintere Ecke des Bücherregals, wo es ein halbes Jahr lang verstaubte.

Langsam und etwas ängstlich steuerte ich durch die engen Straßen des Städtchens. Im Grunde genommen fuhr ich nicht gern mit Pferdeanhänger - vor allem das Rückwärtssetzen bereitete mir Schwierigkeiten, weshalb ich mich auf gar keinen Fall in die Situation bringen wollte, wenden zu müssen.
Erleichtert atmete ich auf, als ich die Schnellstraße fand, die zum Ort hinausführte. Granat stand ruhig. Mitunter sah ich seine Blesse neugierig durch das Plastiksichtfenster schim-

mern. Endlich nach gut einer Stunde Fahrt setzte ich den Blinker und bog in das kleine Landsträßchen zu dem außerhalb gelegenen Reitstall ein.
Wie üblich war ich stolz auf mein Pferd, als ich Granat durch die fremde Stallgasse führte. Mein Kleiner war einfach zu hübsch mit seiner blonden Mähne, dem goldglänzenden Fell und seinem eleganten, zierlichen Körperbau – dazu die edle arabische Nase, leicht konkav mit kleinem Maul und weiten, beweglichen Nüstern. Darüber die breite Stirn mit den daraufgesetzten, anmutig geschwungenen Ohren.
Doch Granat wirkte mal wieder verdrossen. Ihm gefiel es nicht, daß ich ihn an diesen fremden Ort verschleppt hatte, das war deutlich zu bemerken. Seine Antwort auf das Rufen der anderen Pferde klang eher verhalten, kaum, daß er rechts und links schaute, sein Kinn hielt er in für ihn typischer Weise verkniffen.
Ich seufzte. Er würde doch nicht schon gleich beim ersten Mal schlechte Laune haben?
Er hatte.
Der Reitlehrer forderte mich zu allerhand Übungen auf, die ich mühsam aus meinem Pferd herausquetschte. Granat verhielt und ließ sich aber auch wirklich zu allem nur durch äußerste Anstrengung meinerseits zäh und unflüssig überreden. Dazu sein unbequemer Trab – puh, schon nach kurzer Zeit lief mir der Schweiß herunter, während der Lehrer an meiner schlechten Haltung immer und immer wieder herumkorrigierte. Ich schaffte es einfach nicht, den kleisterzähen Fuchs energisch vorwärts zu reiten, dabei geschmeidig in der Bewegung mitzugehen und auch noch eine gute Reiterhaltung einzunehmen. Das ging über meine Kräfte.
Weil Granat allem nur unlustig und verhalten folgte, nützten die lösenden Übungen auch nicht das geringste. Wie zu Hause geigte ich mühsam mit ihm über den Hufschlag, während sein Maul und sein Hals gummiartig zäh weder die annehmenden noch die nachgebenden Hilfen akzeptierten, sondern dann eben immer nur widerwillig hin und her schwangen. Schweiß-

gebadet, mit weichen Beinen und völlig erschöpft stieg ich nach einer Stunde aus dem Sattel. Mir war richtig schwindelig zumute.
„Er ist die neue Umgebung nicht gewöhnt, der kommt schon noch", tröstete der Reitlehrer, „nur dein Sitz, da müssen wir noch viel dran tun."

Anderntags fanden wir uns wieder in der Halle ein und noch einige Male, vielleicht eine gute Woche lang täglich. Granat blieb zäh und unleidlich. Das Weiße seiner Augäpfel war wie so oft etwas gerötet, sein Gesicht wirkte verdrossen bis verärgert, sein kleines Kinn war angespannt und verkniffen.
Keineswegs fühlte er sich fremd in dem Stall, vielmehr hatte er sich bereits daran gewöhnt, von mir mitunter an andere Orte verfrachtet zu werden. Seine Erfahrung war, daß er auch wieder zurückkam. Kein Grund zur Besorgnis, kein Grund, sich liebenswürdig zu zeigen. Unser alter Kampf aus der Reitbahn zu Hause wurde jetzt eben hier in der Reithalle fortgesetzt.
Die Einzelstunde kostete fünfundfünfzig Mark. Viel Geld für mich, zu viel Geld, um es einfach zum Fenster hinauszuwerfen. Wenn Granat sich weiterhin so verhielt, würden die zwei Wochen Urlaub mit Unterricht auch nicht den geringsten Fortschritt erbringen. Da nützten weder seine wunderschönen Gänge noch sein herrliches Exterieur. Auch mein Sitz und meine Haltung wurden nicht besser, mußte ich doch jeden Schritt, jeden Trabtritt und jeden Galoppsprung aus ihm herausquetschen.
Deprimiert und müde lud ich den Wallach zu Hause wieder aus, band ihn draußen an, wusch seine Beine und Hufe, bürstete das Fell glatt und löste schließlich in der Box das Halfter. Jetzt würde ich erst einmal Futter geben, selbst etwas essen und dann die Pferde auf die Weide bringen. Schnell schüttelte ich mit der Mistgabel die Einstreu noch etwas auf und nahm den einzigen Haufen Pferdeäpfel aus der ansonsten sauberen Strohmatratze. Es war schon immer mein Tick, daß Pferde

stets so sauber und trocken zu stehen haben, daß selbst ich mich jederzeit unbedenklich in ihre Box legen könnte.
Dann beugte ich mich vor, fischte etwas Stroh aus der Selbsttränke und wandte mich zur Tür – als ich hinter mir eine rasche Bewegung wahrnahm. Blitzschnell drehte ich mich um – schließlich bin ich kein Anfänger mehr –, als ein halb aufgebäumter Granat mit aufgerissenem Maul auf mich herunterstieß. Reflexartig hob ich die Mistgabel, während jäh eine unglaubliche Wut in mir aufstieg und sämtliche meiner Blutbahnen durchschoß. Die lang aufgestaute Enttäuschung machte sich Luft. „Verdammter Satan!" schrie ich. Natürlich sprang Granat zurück, reaktionsschnell wie er war.
Jahrelang antrainiertes Gefühl für das Verhalten von Pferden verbot mir, weiter auf ihn zuzugehen, denn die Boxtür war offen. Er würde sich – das war mir unterbewußt klar – herumwerfen und nach draußen stürmen. Entwischen sollte er mir aber jetzt auf gar keinen Fall – und auch nicht glauben, daß er straflos so mit mir umspringen konnte. Ich würde ihn erreichen – so in etwa waren meine auf den Bruchteil einer Sekunde zusammengepreßten Gedanken oder eher Emotionen. Zum Denken war eigentlich keine Zeit.
Speerartig schleuderte ich den Stiel mit der rechten Hand durch die Linke. Die Zinken voran, flog die Mistgabel hoch durch die Luft. Als Granat den Gegenstand auf sich zufliegen sah, sprang er erschrocken zur Seite und stieg. Andernfalls wäre der Gabelstiel einfach nur auf ihn heruntergeplumpst ... – wäre – hätte – wenn. Welch sinnlose Überlegungen. Nur die Tatsachen zählen. Zwei der stumpfen Zinken durchschlugen das Fell rechts der Wirbelsäule und blieben – welch entsetzlicher Alptraum – im Rücken stecken. Sekundenlang tobte Granat, dann fiel die Gabel herunter. Erstmals sah ich in den Augen des Wallachs eine Art erstauntes Erschrecken. Demütig senkte er Kopf und Hals und schaute zu mir herüber.
Ich starrte auf seinen Rücken, sah aus einer kleinen Wunde etwas Flüssigkeit sickern. Mein Gott, was hatte ich nur getan?

Mein eigenes Pferd in den Rücken gestochen! Wie weit hatte mich Ehrgeiz, Enttäuschung und Jähzorn getrieben?

Aufgeregt lief mein kleines Kätzchen draußen vor der Box hin und her. Es wußte genau, daß dort drinnen etwas Entsetzliches geschehen war. Etwas Unwiderrufliches, etwas, das nicht ungeschehen gemacht werden konnte. Überglücklich lief es auf mich zu, als ich die Stallgasse betrat. Trostsuchend, schluchzend und am ganzen Körper zitternd nahm ich es auf den Arm und suchte mit ihm sein Brüderchen.

Warum liebten mich die Kätzchen, warum liebte mich Flieder? Ja sogar – manchmal – Granat ...? Ich war ein Scheusal, ein Ungeheuer, all dieser Liebe nicht wert. Ich liebte sie ja auch. Wie konnte ich, obwohl ich sie liebte, nur so oft so furchtbar wütend auf sie sein?

Merkwürdigerweise entsprach dieses Gefühl des Mich-als-„nicht liebenswert"-Empfindens dem gleichen Gefühl, das ich bei einem genau entgegengesetzten Erlebnis in meiner Kindheit hatte: Damals war *ich* ganz grausam mißhandelt worden. Diesmal hatte ich mißhandelt.

Sollte ich einen Tierarzt anrufen? Würde der mich nicht anzeigen – und mit Recht? Und andererseits? Wollte ich schon wieder und weiteres Geld in Granat investieren?

Ich wollte nicht. Ich wollte gar nichts mehr mit ihm. Selbstverständlich desinfizierte und versorgte ich die im nachhinein lächerlich klein und mickrig aussehende Wunde. In wenigen Tagen – bei frischer Luft und ganztägigem Weidegang – würde schon alles verheilt sein.

So kam es, daß ich anstelle von Granat die liebe, aber talentlose Flieder auf den Hänger lud und mit ihr die vereinbarten Privatstunden nahm. Wirkte sie auch nie so spektakulär wie ihr Bruder, so war meine Haltung auf ihr jedenfalls ganz passabel. Dafür wurde nun die Haltung meines Pferdes kritisiert. Aber nach einer Stunde Training fühlte ich mich nicht im

mindesten so erschöpft, wie ich es stets durch meinen Superwallach war.
Weniger besorgt als eher verdrossen nahm ich nach wenigen Tagen die offensichtliche Schwellung in der Sattellage von Granat wahr. Ich trug kühlende und lindernde Lotionen auf und kaufte Mittel gegen Entzündungen und Schwellungen. Während ich einerseits dann alle zwei Stunden und sogar nachts Granats Wunde versorgte und ihm Medizin verabreichte, wartete andererseits ein Teil von mir auf ein definitives Zeichen.
Mitunter glaubte ich, daß meine Angst und das Gefühl von Unwiderruflichkeit nur ein böser Traum gewesen seien und irgendwann alles wieder in Ordnung käme, während irgendwo ein winziges, verstecktes Eckchen in mir nicht nur wußte, daß dies alles wahr und unabänderlich war, sondern daß ich es auch nicht anders wollte. Ich war das ewige Kurieren leid, auch wenn diese Krankheit diesmal und zuletzt durch mein Verschulden entstanden war. Ich wollte, daß die Verletzung entweder von allein oder eben gar nicht heilte.
Er ist unverkäuflich, so unleidlich, wie er meistens ist. Vielleicht nähme ihn ja jemand, wenn ich etwas Erfolg mit ihm beim Reiten hätte, aber werde ich das jemals haben? Jetzt ist es erstmal nichts mit Trainieren, wegen seines Rückens, aber andererseits – diese Unbequemlichkeit. Wir werden immer schlechter beurteilt werden, weil ich ihn nicht richtig sitzen kann, so in etwa dachte ich.
Aber da war eben etwas in mir, was sich einfach nicht von Granat trennen konnte. Möglicherweise war es Liebe oder Anhänglichkeit. Vielleicht konnte ich aber auch einfach meinen Traum nicht verkaufen, weggeben – aufgeben. Obwohl er sich von Anfang an geweigert hatte, meinem Traum zu entsprechen.

Fast vier Monate lang laborierte ich an seinem Rücken herum. Längst war es Winter geworden, und schließlich ging sogar die härteste Kälte vorüber, als ich mir schlußendlich eingestehen mußte, daß Granat seine Hinterbeine nicht mehr richtig hochheben mochte oder konnte. Und schien es nicht so, daß er keinen rechten Appetit mehr hatte? Die Entzündung im Rücken war tiefer gegangen. Er würde niemals mehr zum Reiten zu gebrauchen sein.

Langsam, bedrückt und doch innerlich entschlossen holte ich das Branchenfernsprechbuch hervor und suchte die Nummer eines bekannten Notschlachtungsbetriebes heraus.

Die Entscheidung war gefallen. Die Karten hatten recht gehabt: Das abschließende Urteil war der Tod.

Condor

Wie oft war ich diese Strecke in der letzten Zeit schon gefahren? Erst vor kurzem hatte ich sie als Beifahrerin in einem klapprigen, alten Pkw zurückgelegt, der einen ebensowenig vertrauenerweckenden, betagten, schmutzigen Viehanhänger mit meinem Condor darin hinter sich herzog. Vertrauensvoll war mir der kleine Hengst gefolgt, als ich die Laderampe betrat. Zweifelnd hatte ich die zerschlissenen Planen und die verrotteten Fußbodenbohlen betrachtet, während ich den Strick mangels Anbindevorrichtung um einen Stahlstift wand und sorgenvoll die Stirn runzelte, denn eine Bruststange zum Abstützen der Pferde bei Bremsvorgängen gab es nicht.
Während der ganzen Fahrt sah ich Condor mit hochgerecktem Kopf durch das kleine, blindfleckige Plastiksichtfenster schauen. Es schien mir, er war ganz zufrieden, sah er mich doch im Auto sitzen.
Und geschickt hatte er sich breitbeinig hingestellt, seine kleinen Hufe, so gut es ging, seitlich verkantet, und balancierte sich, der Trittsicherheit der Connemararasse alle Ehre machend, gekonnt aus, während der Pferdehändler mir eine Horrorgeschichte nach der anderen erzählte.
Wie ihm zum Beispiel gerade kürzlich bei einem Transport ein Fohlen aus dem Anhänger gesprungen sei, mitten in einer Großstadt, auf mehrspuriger Fahrbahn während der Hauptverkehrszeit abends um fünf. Er habe sich schon gewundert, warum alles rund um ihn herum hupte. Bis er das Fohlen im Rückspiegel gesehen hätte.
„Hat ihm nichts geschadet, außer ein paar Blessuren nichts passiert“, dröhnte er, „da habe ich schon Schlimmeres erlebt. Zum Beispiel als ich kürzlich bergab auf geschlossene Bahnschranken zuraste, weil die Bremsen plötzlich nicht funktionierten, von links ein Zug, hinter mir im Hänger zwei schwere Reitpferde.“

„Ja?“ fragte ich zaghaft, „und wie haben Sie die Situation gemeistert?“
„Na! Augen zu und durch, was hätte ich anderes tun können?“ fragte er mich, sein schlitzohriges Händlergesicht mir genußvoll grinsend zugewandt, „die Schranken sind rechts und links davongeflogen und geknickt wie Streichhölzer, der Zug war aber auch noch nicht ganz da – hoppla! Das war der Bürgersteig!“ wandte er seine Aufmerksamkeit ausnahmsweise mal wieder der Fahrbahn zu, während ich grünlich-bleich und etwas verkrampft auf die Fahrbahn stierte.
Der Stall, zu dem ich Condor brachte, wirkte nicht gerade etepetete, aber keiner der übrigen Reit- und Privatställe wollte einen Hengst unterstellen, von den horrenden Preisen einmal ganz abgesehen.
Selbstverständlich wollte ich den Jährling kastrieren lassen, aber der im Herbst gerufene Tierarzt hatte abgeraten: „Der muß noch ein wenig werden, so verkrotzen wir ihn ja. Rufen Sie mich mal im Frühjahr wieder“, hatte er gesagt. Und jetzt, im März, mochte wiederum kein Tierarzt ihn schneiden, weil es noch zu kalt sei und die Gefahr einer Entzündung zu groß.
Mit zierlichen Schritten war der kleine Condor aus dem Hänger getrappelt, hatte sich seinen Weg durch Gerümpel, Drähte und genagelte Bretter gesucht. Eifrig und zutraulich lief er hinter mir her, kniff mich auch dann und wann mal zärtlich und lauschte dann mit umwerfend zerknirschtem Gesicht meinen darauf folgenden Schimpfkanonaden.
Er war falbbraun mit schwarzer, buschiger Mähne, ebensolchem, glänzendem Schweif und lackschwarzen Beinen. Sein winziges Köpfchen saß auf einem wunderhübsch geschwungenen, stets stolz getragenen Hals. Auch Nüsternrand und Augenumrandung waren samtschwarz. Sein kurzes, dichtes Fell glänzte im Winter wie poliertes Silber oder helles Gold. Selbstbewußt und stolz trompetete er seinen Artgenossen einen Gruß zu, während er die ihm zugedachte, verlotterte Box bezog.

Ich bewaffnete mich erst einmal mit Hammer und Nägeln und befestigte lose Holzbohlen, so gut ich konnte. Vor allem schlug ich hervorstehende Nägel platt, damit Condor sich nicht verletzen konnte. Dann räumte ich den Unrat vom Boxenboden und streute drei Ballen mitgebrachtes Stroh ein. Damit stand Condor als einziges Pferd hier fürstlich im Stroh.

Mitleidig betrachtete ich die anderen Jammergestalten, deren Hufe in schwarzem Mist rührten. Fett war hier auch kein Pferd, stellte ich bei einem Rundgang fest. Der schwarze Riese neben Condor mußte wegen der niedrigen Decke seinen Kopf stets eingezogen halten, dabei stand er fast einen Meter hoch auf schimmligem Mist. Stroh oder anderes Futter war nicht zu sehen, deshalb nagte der magere Wallach erfolgreich die morschen Holzbohlen durch.

Nachdenklich betrachtete ich einen Huf, den das Pferd aus der morastigen Pampe zog. Der hatte nämlich schon lange keinen Hufschmied mehr gesehen. Und das schmutzverkrustete Fell sprach auch nicht gerade von übertriebener Putzwut seines Besitzers. In diesem Falle war ich sogar froh, daß der Stall eher zugig war, denn ansonsten wäre die Luft unerträglich stickig und feucht gewesen.

Condor sollte von einem anderen Privatpferdebesitzer mitgefüttert werden. Ich hatte gutes Heu und Stroh, dazu Kraftfutter und Mineralstoffbriketts besorgt und in einer trockenen Ecke gelagert. An den Stallbesitzer zahlte ich nur eine Boxenmiete von fünfzig Mark monatlich, für die Pflege wochentags gab ich hundertfünfzig Mark an besagten Herrn Schlüter, der hier seine Reitponys in einem eigens gemieteten Stalltrakt untergestellt hatte. Nicht ganz billig, wenn ich noch einmal hundert Mark für das Futter dazurechnete und man bedenkt, daß Condor gerade ein Stockmaß von vielleicht ein Meter und fünfundzwanzig hatte.

Doch der Stall lag fünfzig Kilometer von meinem damaligen Domizil entfernt. Tägliches Fahren wäre auch sehr teuer und vor allem so zeitaufwendig gewesen.

Eine ganze Gruppe von Jugendlichen, Kindern und auch anderen Pferdebesitzern hatte sich schon eingefunden und umstand bewundernd meinen hübschen kleinen Connemara, die perfekte Miniaturausgabe eines Reitpferdes.
Schnell schob ich ihm noch ein Möhrchen zu, um mich dann davonzustehlen. Es war mir doch schwer ums Herz. Ungern ließ ich ihn in fremder Obhut und schimpfte deshalb mit mir selbst.
Aber der Händler, der ihn gefahren hatte, lachte mich aus: „Ihr Frauen, habt euch viel zu sehr mit den Gäulen, ihr verpimpelt sie ja nur!"
Ja? War das so? Ich wußte damals noch nicht, was richtig war, war mir meiner selbst zu unsicher. Eigentlich hätte ich meinen Condor am liebsten am Führstrick wieder aus der gräßlichen, verlotterten Box gezogen, raus aus dem Stall mit all diesen traurigen, stumpfsinnigen Klappergäulen. Aber wo sollte ich schon hin mit ihm? Und es war ja auch nicht für lange. Jetzt war es März. Im Mai würde er kastriert werden und konnte dann zusammen mit anderen Artgenossen auf eine Weide, tröstete ich mich.

Meine Gedanken drehten sich verzweifelt immer wieder um dieselben Probleme: Rechnungen, Mahnungen, Kraftfahrzeugversicherung, Kraftfahrzeugsteuer, Krankenversicherung, Miete, Lebenshaltungskosten ...
Die Lösung war an sich ganz einfach. Ich brauchte nur ein wenig Geld. Oder besser gesagt, etwas mehr – vielleicht das Doppelte – von dem, was ich in einem Monat verdiente. Wenn mein Gehalt kam, bezahlte ich all die überfälligen Beträge zuzüglich Mahngebühren und saß dann wieder ohne einen Pfennig da, während das Leben kontinuierlich weiterhin Geld kostete.
Hatte ich dann mühsam etwas von dem Schuldenberg abgetragen, zwangen mich die Umstände zu einem neuerlichen Umzug, der mich finanziell erneut ins Minus brachte, vom

Auto, welches Reparaturen brauchte, oder von Tierarztrechnungen einmal abgesehen.
Und mit Condor gab es bereits nach einer Woche Schwierigkeiten. Traurig blickte mir ein schmutzverklebtes Fohlen entgegen, auch seine Hufe standen nun in nassem Mist. Die Art, wie der kleine Hengst sich aufführte, als ich ihn in der halbfertigen oder schon wieder halb zusammengebrochenen Reithalle laufen ließ, gab Anlaß zu der Befürchtung, daß er keineswegs – wie versprochen – täglich einmal aus der Box gelassen wurde.
Zornig mistete ich erst einmal seine Box aus und bürstete das verkrustete Fell, um dann Herrn Schlüter unmutig darauf anzusprechen, daß ich unsere Vereinbarung nicht so verstanden hätte, daß er für hundertfünfzig Mark im Monat lediglich zweimal täglich Futter in Condors Krippe zu werfen brauchte.
Schlüter war natürlich erbost. Er behauptete, er mache alles hundertprozentig. Ich wies ihn auf die aufgeweichten Hufe und den desolaten Zustand der Box hin.
Am nächsten Wochenende war deutlich zu sehen, daß gerade kurz vorher jemand Stroh auf den feuchten Mist in Condors Box geworfen hatte. Es war ihm auch vielleicht einmal kurz mit der Wurzelbürste übers Fell gefahren worden, jedoch zeigten die dicken Fellbüschel, die ich ihm aus dem Putz kratzte, daß er kaum richtig geputzt worden war. Seine Tobsucht in der Halle und überhaupt seine Nervosität ließen nicht auf ausreichenden Auslauf schließen.
Noch eine weitere Woche verstrich, dann wurde unübersehbar, daß Condor erheblich abgenommen hatte. Dabei war das von mir bereitgestellte Futter überreichlich. Die Inspektion des Stapels zeigte aber trotzdem die galoppierende Schwindsucht.
Obwohl also mehr Futter verbraucht worden war, als Condor überhaupt fressen konnte, war er mager und struppig? Und was hatte er für merkwürdige Stichwunden am Hals und auf der Kruppe? Jeweils vier einen Zentimeter breite Löcher im

Abstand von vielleicht sieben Zentimetern? Das sah mir ganz nach dem Stich mit einer Forke aus. Ich putzte ihn vorsichtig und gründlich und führte ihn dann zur Halle. Unterwegs traf ich Herrn Schlüter.
Condor bockte in diesem Moment alle vier Beine in den Boden, verdrehte die Augäpfel, bis nur noch Weiß zu sehen war, und zitterte am ganzen Körper. Er weigerte sich entsetzt, so nah an Schlüter vorbeizugehen. Deshalb nahm ich gleich die Gelegenheit wahr, Herrn Schlüter zu sagen, daß er Condor nicht mehr füttern brauchte, ich würde es fortan selbst tun.
Die Frau des Stallbesitzers versprach mir, Condor morgens das von mir hingestellte Futter einzuwerfen. Abends fuhr ich zwischen meiner Arbeit im Büro und meinen Tippaufträgen zu Hause nun auch noch die fünfzig Kilometer zum Stall.
Mein alter Kombi röhrte wie ein Hubschrauber mit seinem defekten Auspuff, wenn ich in den Hof fuhr. Aber ein nun wieder fröhlicher Condor übertönte mit seinem schmetternden Gruß sogar diesen Lärm.
Allerdings erzählten mir die Reiter aus dem Stall, daß Condor gefährlich sei und tückisch nach jedem schnappe, der ihm zu nahe käme. Ja, Hengstmanieren hatte er schon – aber tükkisch?
Ich bestellte einen Tierarzt für die Kastration.

Langsam ließ Condor seinen Kopf vertrauensvoll in meine verschränkten Arme sinken, seine Beine stark gegrätscht, und drohte doch in der Betäubung bald umzufallen.
„Tut mir leid", sagte da der Tierarzt, „ich kann Ihren Jährling nicht kastrieren. Er ist ein Kryptorchid, ein Einhodiger. Der zweite Hoden liegt versteckt in der Bauchhöhle und muß herausoperiert werden. Das kann nur eine Klinik durchführen. Rufen Sie in Hamburg an, oder in Gießen. Die machen so etwas."
Torkelnd, aber unversehrt ließ sich mein Kleiner von mir wieder in seine Box führen. Aber der Tierarzt warf mißbilligende Blicke um sich. Der schlechte Futter- und Pflegezustand

der hier untergestellten Pferde, die mangelnde Einstreu, der Schmutz und die Unordnung gefielen ihm ganz und gar nicht. Sein Besuch hier sollte Folgen haben. Und während ich mit verschiedenen Tierkliniken telefonierte, braute sich im Stall Unmut gegen mich zusammen.

Der Doktor hatte nämlich Anzeige erstattet, das zuständige Veterinäramt war zur Überprüfung gekommen. Ich und mein bösartiger Ponyhengst waren natürlich an allem schuld, nicht etwa der schlechte Zustand und die mangelnde Betreuung der Pferde.

Immer noch verstehe ich die Privatpferdebesitzer nicht. Der Besitzer war so gut wie pleite, er hatte einfach kein Geld mehr, um seine Pferde richtig zu versorgen. Aber zum Beispiel das magere Pferd neben Condor war in Privatbesitz. Und nicht das einzige hier. Warum haben denn die Halter ihre Pferde nicht gepflegt und gefüttert?

Jedenfalls brüllte mich der Stallbesitzer an: „Verschwinden Sie binnen kürzester Zeit hier aus dem Stall. Leute, die Stunk machen, sind hier unerwünscht!"

Was aber sollte ich nun tun mit meinem Condor? Die Kliniken gaben Termine frühestens im Herbst, und die Operation kostete mindestens achthundert Mark.

Vor allem aber waren Weide und Auslauf für diesen Sommer gestrichen. Verzweifelt knetete ich mein Gehirn nach einer Lösung. So konnte ich Condor nicht halten, nicht behalten.

Ich telefonierte mit der Züchterin, ob sie ihn vielleicht zurücknehmen könnte. Als Klopphengst war er ein Problem zu viel für mich.

Zurücknehmen wollte sie ihn nicht, aber sie wußte Rat. Es gäbe in der Nähe einen Tierarzt, der solche Operationen ambulant durchführen könne. Ich sollte das Fohlen für die Zeit in ihrem Stall unterstellen.

Erneut rief ich meinen schlitzohrigen Händler an, der mir allerdings jetzt wieder bereitwillig und ohne Umstände half – auch wenn seine Hilfe mich mitunter etwas entnervte.

„Aber klar. Ich fahre Ihr Pony nach Gießen. Vorher muß ich nur eben noch zwei Pferde in G. einkaufen und nach A. bringen. In A. wartet jemand mit einer Stute, und wohin muß Ihr Kleiner? Nach M.? Ganz wunderbar, genau auf der Strecke habe ich sowieso noch einen Wallach abzuholen – gar kein Problem. Sie kommen mit? Ich muß allerdings hinterher noch einen Fuchs abholen ..."

Pünktlich mit einstündiger Verspätung traf er ein, weil er noch eben ein weiteres Tier habe wiederholen müssen. Tatsächlich stand eine zierliche braune Stute im Hänger, die ich wohl gern mein eigen genannt hätte. Condorchen fand sie auch entzückend, begeistert erklomm er den Hänger, um sie zärtlich am Widerrist zu kraulen. Hingebungsvoll neigte sie ihm ihren Kopf zu. Ihr war er weder zu klein noch zu jung.

Ächzend ließ sich der Händler auf seinen durchgesessenen Autositz fallen, während ich neben ihm Platz nahm.

„Eines müssen Sie mir mal erklären", bat ich ihn. „Wie können Sie eigentlich ein Geschäft mit Pferden machen, wenn Sie sie immer wieder zurücknehmen?"

„Na, ich mache immer mein Geschäft, denn ich behalte jedesmal zwanzig Prozent des Kaufpreises bei der Rücknahme. Deshalb tausche ich alle, nehme jedes Pferd jederzeit zurück, egal aus welchen Gründen, ist mir völlig gleichgültig. Wissen Sie", fragte er mich, mir zugewandt, während er gerade mal wieder eine rote Ampel überfuhr, „wie verrückt die Leute sind? Ich kenne die besser als die sich selbst. Und die wissen nicht, was sie wollen, oder glauben, sie könnten mit ihrem Geld alles kaufen: Erfolg, gutes Reiten und so ... Bloß Ahnung von Pferden und vom Reiten haben sie überhaupt nicht, können sie auch nicht kaufen. Und lernen wollen die ja nicht – oder können die auch nicht, was weiß denn ich? Aber Sie glauben gar nicht, wie oft das vorkommt, daß ich Leuten, denen kein Pferd recht ist, die mit keinem klarkommen, schon im Laufe von ein oder zwei Jahren dasselbe Pferd zweimal bringe? Und die merken das gar nicht, das fällt denen gar nicht auf!"

Schon hatten wir das erste Ziel erreicht. Die hübsche Stute wurde ausgeladen. Ein Wallach, der dem Händler entgegenwieherte, wurde losgebunden und auf den Hänger geführt. Mein Eindruck war, daß die Pferde den Händler als eigentlichen Herrn anerkannten. Er war ihr Führer, ihm folgten sie vertrauensvoll. Die einzige Konstante in ihrem Leben war dieser Pferdehändler.

Immerhin, auf ihn war Verlaß, keine ungeschickten, unkontrollierten Bewegungen ließen sie erschrocken zurückfahren. Bei ihm wußten sie, woran sie waren, bei ihren vielen kurzfristigen Käufern wußten sie niemals, welche Unberechenbarkeiten ihnen widerfahren würden. Denn im Gegensatz zur allgemeinen Ansicht sind nicht die Pferde unberechenbar, sondern die Menschen sind es für die Pferde.

Am selben Abend sollte ich ein Beispiel dafür bekommen, denn wir holten noch nach Mitternacht einen großen Fuchs ab, den der Besitzer, weil er ungestört schlafen wollte, einfach stundenlang draußen mit einem Strick angebunden hatte. Weil die Anbindung jedoch zu lang bemessen war, hatte das Pferd sich gedreht und war mit einem Hinterbein darübergetreten. Bei dem Versuch, sich wieder umzuwenden, wickelte sich der Strick um das Fesselbein, und alle Versuche des Pferdes, sich davon zu befreien, führten nur zu noch festerem Zuziehen.

Als der Händler das Pferd losband, humpelte es mit einem bluttriefenden, von oben bis unten aufs Doppelte angeschwollenen Bein kläglich auf den Anhänger. Auf dem Hof brannte kein Licht, niemand kam, niemand kümmerte sich um das Geschehen. Wir hätten Diebe sein können, Pferdeschlächter. Es interessierte offenbar nicht.

Fünf Wochen würde ich nun Condor nicht wiedersehen, wenn alles gutging.

Nach einer solchen Operation darf das Pferd sich fünf Wochen lang nicht hinlegen, weil sonst die Gefahr besteht, daß

beim Aufstehen der Bauch aufreißt. Dann nämlich wäre keine Hilfe mehr möglich.
Condor sah also schwierigen Zeiten entgegen. Würde alles gutgehen?
„Ach mein kleines Hengstchen! Ich wollte, dir würde nur Gutes widerfahren, aber das Leben der Menschen ist so schwierig, deshalb darfst du auch nicht einfach das sein, was du bist", flüsterte ich ihm in sein kleines, schwarzgerandetes Ohr, das er mir entzückt lieh.
Bedrückt lieferte ich ihn ab. Aber allzuviel Zeit hatte ich nicht, um mir um ihn Sorgen zu machen. Mein Leben war so chaotisch, so unsicher. Wußte ich, was der neue Tag bringen würde? Wie würde ich alles bewältigen können?

Acht Monate später:
Von einer riesigen Weide holte ich einen verschüchterten Condor, der mir dankbar auf ein uraltes Gehöft folgte. Ich hatte einen Teil des Fachwerkhauses und alle dazugehörigen Reststallungen gemietet. Condor lief tagsüber auf einer großen Obstwiese, während er nachts einen ganzen leerstehenden Kuhstall sein eigen nannte.
Die Weidezeit zuvor war nicht glücklich für ihn verlaufen – wahrscheinlich, weil ich ihn nach der Kastration verspätet in einen schon feststehenden Herdenverband schickte. Vollkommen gleichgültig rupfte er deshalb jetzt Gras im Obstgarten, ohne auch nur Notiz von den zwei Stuten auf einer nahegelegenen anderen Weide zu nehmen. Sein Wiehern erklang nur, wenn er meiner ansichtig wurde. Dann leuchteten seine Augen auf, sein Kopf flog hoch, und rasch galoppierte er zu mir, schlüpfte ins Halfter und ließ sich willig in den Stall bringen.
Leider waren meine schwierigen Zeiten noch nicht vorbei. Das alte Haus war nämlich noch an andere Leute vermietet, darunter zwei junge Männer, die – wie sich herausstelle – den Kopf einer neonazistischen Gruppe bildeten, welche hier ihren Hauptsitz hatte.

Meine offensichtliche Mißbilligung spürend, entwickelten sie nach kurzer Zeit regelrechten Haß gegen mich – vielleicht, weil sie sich ihrerseits von mir bedroht fühlten.
Ich hätte sie schließlich anzeigen können. Doch konnte ich sie als politische Gruppe einfach nichts ernstnehmen. Ehrlich gesagt, sie waren dumm, aber dafür geradezu monsterhaft primitiv und aggressiv.
Die Szenen, die sich daher abspielten, hätten einem Polanski-Film alle Ehre gemacht. Eine kurze Zeit lang wurde ich fast wahnsinnig vor Sorge und Angst. Sie beschmutzten alles, zerstörten und lachten und schrien, mich gleichzeitig des Schmutzes und der Zerstörung bezichtigend: „Machen Sie doch etwas gegen uns, versuchen Sie es doch einmal!"
Der Vermieter, ein älterer Studiendirektor – ganz vom alten Schlage – fand die „netten Jungs" vollkommen auf seiner ideologischen Linie. Von dieser Seite konnte ich keine Hilfe erwarten. Im Gegenteil: Was hatte man schon von einer alleinstehenden Frau zu halten. War sie doch selber schuld, warum heiratete sie nicht – aber wahrscheinlich wollte sie keiner –, vermutlich war sie eine Emanze oder noch Schlimmeres.
Ich erinnere mich an eine Nacht, in der ich die Tür verrammelt und verbarrikadiert hatte, während die Herren Neonazis im Namen ihres Führers mit Sieg Heil dagegenschlugen, grölend vor Gelächter, während ich bei jedem lauten Schlag zusammenzuckte und zitternd mein Katerchen im Arm hielt, das treu bei mir ausharrte, wie immer, wenn ich Schwierigkeiten hatte. Aber das alte Haus war solide gebaut, die Wohnungstüren hielten stand.
Übrigens wird mein zunächst passives Verhalten erklärlich, wenn man bedenkt, daß auch dies eine Erfahrung meiner Kindheit war: Wenn es schreit und stampft und schlägt, muß ich mich ruhig und unauffällig verhalten. Dann habe ich vielleicht eine Chance, übersehen zu werden und ungeschoren davonzukommen.
Energisch machte ich mir jetzt aber endlich klar, daß ich kein Kind und nicht mehr hilflos war. Deshalb setzte ich mich zur

Wehr. Es war geradezu lächerlich, wie schnell sich die Brutalinskis in blauen Dunst auflösten, als sie auch nur das Wort „Rechtsanwalt“ hörten und mein Rechtsberater von der Rechtsschutzversicherung auftauchte. Das alles hatte aber nichts mit den Pferden zu tun und gehört nicht hierher.
Es gelang mir also, die Neonazis soweit aus dem Felde zu schlagen, daß sie mich von da an in Ruhe ließen. Aber einige Tage darauf fand ich Condor verändert. Er schien mir traurig. Ich befühlte seine Ohren und Nüstern, ob er vielleicht Fieber hätte, konnte aber nichts feststellen. Wie üblich putzte ich ihn, aber er ließ sich nicht aufheitern. Er blieb bedrückt. Doch sein Futter schien er zunächst wohl zu mögen. Besorgt beobachtete ich ihn eine Weile, bevor ich mich zum Gehen wandte.
Kurz bevor ich schlafen ging, brachte ich ihm – wie stets – noch Karotten, aber er wollte sie nicht. Sein Mischfutter hatte er doch nicht aufgefressen, das Heu lag zertrampelt im Stroh. Ich horchte an seiner Flanke – die Darmgeräusche waren normal. Immer noch schien er mir nicht fiebrig. Beunruhigt wartete ich noch eine weitere Stunde mit dem Schlafengehen und schaute dann noch einmal nach ihm.
Teilnahmslos stand er jetzt im Stroh, kam nicht wie sonst auf mich zu. Ich packte ihm eine warme Decke auf den Rücken, halfterte ihn und wollte ihn führen, wie ich ihn schon oft bei Verdauungsbeschwerden geführt hatte, denn Condor litt häufig an Koliken.
Aber er konnte diesmal nicht richtig laufen und schwankte unsicher hin und her. Dabei blickten seine Augen glasig, während er stolperte und beinahe hinfiel. Entsetzt ließ ich den Halfterstrick fallen. Dann rannte ich panisch durchs Dorf zum Tierarzt.
Es war Viertel nach elf, aber Gott sei Dank brannte dort noch Licht. Ich klingelte Sturm und schrie den mir öffnenden Doktor regelrecht an: „Kommen Sie, ich glaub, mein Ponywallach stirbt!“

Während er Stiefel anzog, gab er seiner hinter ihm stehenden Frau ein paar Anweisungen. Sie brachte ihm einen Behandlungskoffer und etwas zum Überziehen, und schon stiefelten wir durchs Dorf zu Condors Stall.
Gründlich untersuchte der Tierarzt das Pony, hörte ab, maß Fieber, befühlte und betastete es. Dann zog er mehrere Spritzen auf. Ob ich wohl alle zwei Stunden nachschauen könnte und ihn im Falle einer plötzlichen Verschlechterung sofort rufen würde? Morgen früh käme er als erstes wieder hierher, noch bevor er zum Schlachthof fahre.
Frierend stand ich früh um fünf im Stall, während Condor erneut Spritzen bekam. Inzwischen konnte er sich gar nicht mehr bewegen, seine Hinterbeine schleiften kraftlos über den Boden, die Muskeln zitterten. Er drohte bei jedem Gehversuch hinzufallen. Eine stinkende, gelbverfärbte Flüssigkeit rann seine wackelnden Hinterbeine herunter.
„Kann ich allein den Stall betreten? Ja? Dann werde ich heute alle zwei Stunden zum Spritzen kommen und nach ihm sehen. Fahren Sie ruhig zur Arbeit und seien Sie auch ganz beruhigt, ich werde auf ihn aufpassen. Wenn noch etwas Besonderes eintritt, rufe ich Sie selbstverständlich an, aber ich glaube doch, wir haben das Schlimmste schon überstanden, sonst wäre er nämlich bereits tot", erklärte mir der Tierarzt.
„Aber was ist das für eine Krankheit, was hat er denn nur?" fragte ich angstvoll.
„Nun, ich denke, es ist eine starke Vergiftungserscheinung", antwortete er in bedächtigem Ton, und während er sich dem Verschluß seines Behandlungskoffers widmete, fragte er mich mit abgewandtem Gesicht: „Wissen Sie denn keine andere Unterbringungsmöglichkeit für das Pferd? Sie sollten es von hier wegbringen. Ich weiß ja von nichts, will auch mit nichts etwas zu tun haben, aber in diesem Dorf ist der Kleine nicht gut untergebracht – und Sie eigentlich auch nicht."
Etwas in meiner Brust zersprang wie hauchdünnes Glas, und es war, als breite sich eine eisige Flüssigkeit in mir aus, die jede einzelne Zelle füllte und mich erstarren ließ.

Noch lange stand ich so und schaute dem davongehenden Tierarzt hinterher.

Seit einiger Zeit war auch meine Schwester dem Pferdefieber verfallen.

Sie hatte zuerst Peter, dann Pan gekauft – nur für die Kinder natürlich. Doch die zwei paßten nicht zusammen, deshalb schaffte man noch Momo an, Momo aber war tragend und bekam den kleinen Pilger. Und was hatten schon die Kinder von den Ponys, wenn ihre Mutter nicht mitreiten konnte, deshalb kam Bube dazu, aber es fehlte doch noch ein Reitpferd für den Papa, weshalb Falbala Einzug in den Stall hielt.

Nun wurde ein größerer Stall gebraucht. Was machte es da schon, wenn ein paar Ponys mehr hier Unterkunft fanden? Im Nu hatte sich eine kleine Haltergemeinschaft zusammengefunden.

Noch am selben Vormittag rief ich meine Schwester an und schilderte ihr die Sache mit Condor. Es war gar keine Frage, daß auch für ihn noch Platz gefunden werden konnte. Gleich am nächsten Wochenende, Heiligabend, fuhr mein Schwager mit vereistem Einpferdehänger vor. Überall fiel Schnee, nur hier war es vorübergehend frühlingshaft warm.

Meine Schwester und ich wickelten Condorchen regelrecht in Decken ein, dann humpelte und schwankte der Kleine stöhnend hinter mir. Wir mußten ihn stützen, damit er nicht von der Hängerklappe herunterkippte, aber er folgte mir willig.

Beschwörend flüsterte ich Winnetou, dem Katerchen, in seine perlmuttfarbenen Ohrmuscheln: „Paß bloß auf dich auf und versteck dich, bis ich wiederkomme. Ein langes Weihnachtswochenende mußt du ohne mich auskommen!“

Oben in die Nische einer einsturzgefährdeten Wagenremise stellte ich ihm, durch ein Loch nach oben reichend, Futter und Wasser hin. Hier wenigstens konnte ihm kein Mensch hinauffolgen, wollte er nicht riskieren durchzubrechen. Und Winnetou war scheu. Er ließ fremde Menschen nicht in seine Nähe kommen.

Dann setzte ich mich ins Auto meines Schwagers auf den Rücksitz, und wir rollten über die Autobahn. Schnee fiel immer dichter. Rechts und links lagen liegengebliebene und verunfallte Fahrzeuge, an denen wir im Kriechtempo vorbeizogen. Bergab drohte der Hänger jedesmal ins Rutschen zu kommen. Was, wenn er das Auto auf der glatten Fahrbahn herumzog? Ich zitterte um Condor, der mir doch so vertraute. Andere Autofahrer wissen nichts von den zusätzlichen Schwierigkeiten der Pferdehängerfahrer. Sie scheren kurz davor, stoppen abrupt ab, schneiden und zwingen uns zu raschem Bremsen. Und wir müssen jedesmal zumindest fürchten, daß das Pferd durch die Plane fliegt oder sich den Kopf verletzt, denn es kann sich ja nicht festhalten.
Diese viele Stunden andauernde Fahrt war mörderisch. Doch Condors Kopf war die ganze Zeit über hochgereckt, sein Gesicht schaute zum Plastikfenster hinaus, die Augen waren auf mich gerichtet. Er war beruhigt, denn ich war ja da. Und wenn ich da war, war seine Welt in Ordnung.
Es grenzte an ein Wunder, daß er, als wir ihn dann spätabends ausluden, richtig munter war. Vielleicht hatten ihm die vielen Decken in Verbindung mit der Hängerruckelei geholfen. Auf jeden Fall schwankte er nicht mehr, sondern trippelte – zwar etwas kurz, aber doch fröhlich in seinen neuen Stall. Übermütig trompete er den anderen Pferden zu. Aber wir brachten ihn zunächst einmal in eine abgetrennte Box, die er mit der verschlafenen, gutmütigen Falbala teilte.
Vor den Boxen waren für alle Pferde zugängliche Ausläufe, denn dies war ein Offenstall. Condor war das erste Rassepony, das hier Einzug hielt und damit der vielbewunderte Star.
Vor allem die Kinder liebten ihn, weil er sich willig halftern, führen, anbinden und putzen ließ. Er gab seine kleinen Hüfchen beispielhaft und trat niemals nach einem Menschen. Stets benahm er sich wie ein Gentleman. Auch im Schreck riß er niemanden um, stets paßte er auf, wohin er seine Hufe setzte.

Für ihn war nun das Schlimmste überstanden. Er war seinen ihm vielleicht vorbestimmten drei Höllen entronnen: Der Kastrationsoperation, dem Kasseler Weideaufenthalt und nun der letzten in diesem Dorf. Vor ihm, dem Vielgeliebten, lagen harmonische Jahre.
Beruhigt verließ ich ihn nach zwei Tagen, wenn mir die Trennung auch weh tat.

Condor wurde schließlich von mir an eine Familie verkauft, deren zwei Töchterlein ihn innig liebten.
Ich hatte ihn wie ein Großpferd gehalten und geritten. Gut ausgebildet, wie er deshalb war, trug er die Mädchen durch etliche Pony-Spring- und Dressurprüfungen und brachte seiner Züchterin sogar Prämien durch Jahresgewinnsummen ein.

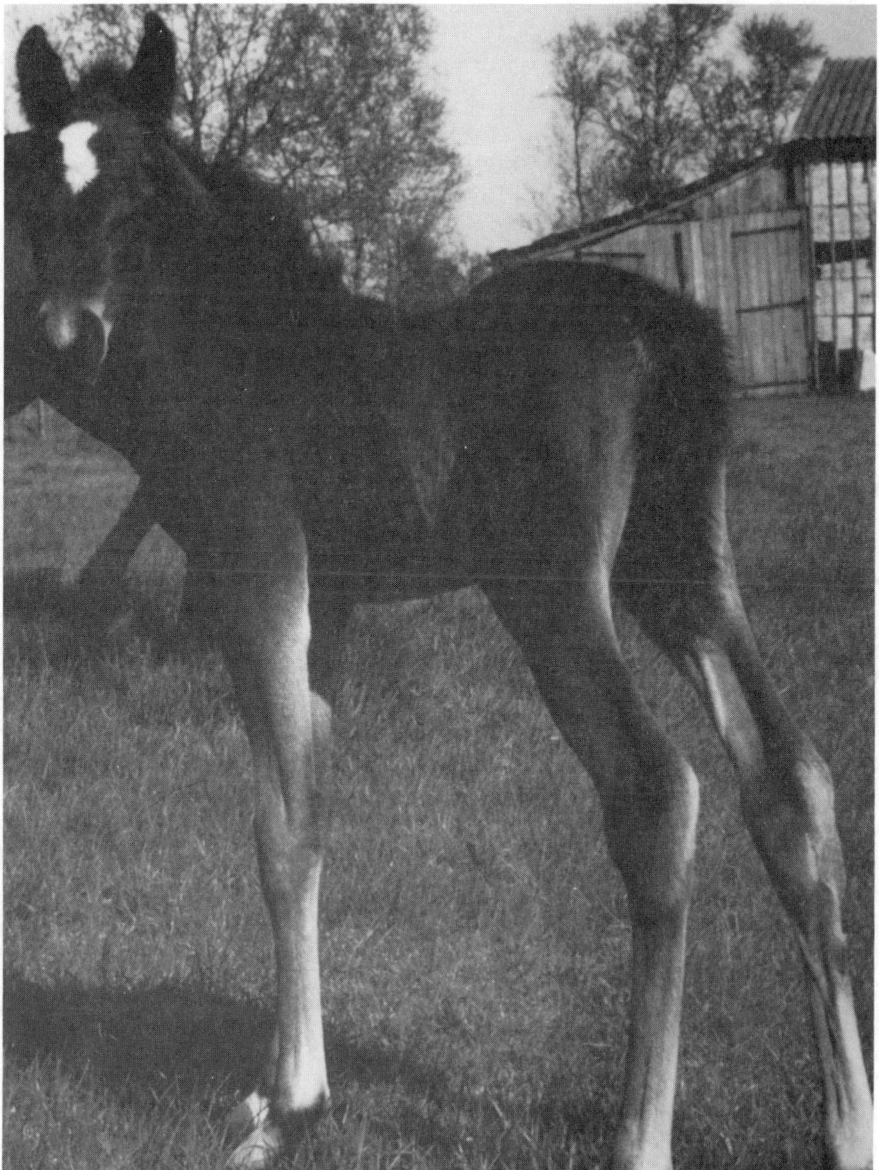

Die Bastion

„Meide den Schecken, denn er ist der Bruder der Kuh“, sagte ich lakonisch und häufte mir noch etwas Gemüse auf den Teller. „Altes arabisches Sprichwort, und glaub mir, die wissen, wovon sie reden“, führte ich weiter aus.
„Spinn nicht herum, schau dir das Pferd wenigstens an, bevor du mit deinen Vorurteilen kommst“, herrschte mich unwirsch mein Schwager an.
„Ist ja schon gut, du müßtest eigentlich wissen, daß ich immer neugierig auf Pferde bin – außerdem ist die Abstammung wirklich faszinierend. Also, wann sollen wir hinfahren?“
Wir fuhren natürlich noch am selben Tag zu dem kleinen Händler, der außer Pferden und Ponys auch Hühner und Hunde feilbot. Selbstredend nichts aus erster Hand, sondern stets das, was anderswo als Schrott abgegeben wird, in diesem Falle zum Metzger oder in die Kadaververwertung – mit Ausnahme vielleicht der hübschen Zwerghühner.
Trotzdem hatten wir hier bereits drei recht gute Großponys erstanden; denn oftmals wurde allzu schnell zum Schlachten gegeben, was nur für ungeschickte Hände nicht geeignet war.
Das neue Pferd, der Schecke, war vierjähriger Sohn einer abstammungs- und bedeutungslosen niederländischen Stute, sollte aber einen berühmten russischen Vater haben, einen Achal-Tekkiner.
Gespannt stiegen mein Schwager Helmut, meine Schwester Traudel und ich beim Haus des Händlers aus dem Auto.
Freudig begrüßte er uns, der Händler Herr Wilberg: Ob wir vielleicht etwas Kaffee und Kuchen ...? Der alte Schlaumeier, er wußte ganz genau, weswegen wir kamen.
„So, so? Den Schecken wollt ihr sehen ... – hmh, wartet mal. Den habe ich gerade mittags auf die große Weide gebracht. Heute können wir den nicht mehr zurückholen. Mein Junge ist nicht da, und ich kann mit meinem Bein auch nicht so recht ...“

Das hätte mich gleich warnen sollen, denn dieser Mann hatte immer für alles seine Gründe. Wenn Wilberg beispielsweise keinen Sattel finden konnte, so hieß das, daß das zu verkaufende Pferd sich nicht satteln ließ, und wenn Wilberg ein zu verkaufendes Pferd nicht von der Weide holen wollte, dann konnte das zumindest bedeuten, daß dazu besondere Vorkehrungen nötig waren, die den Interessenten Fehler verraten würden, deren harmlosester es war, daß sich das Pferd eventuell nicht einfangen ließ.

Aber ich blieb dumm und war einsichtig. „Klar, so etwas kann man einem Pferd nicht antun, gerade auf die Weide bringen und dann wieder herunter – nee, natürlich nicht –, aber mal eben angucken? Ist das vielleicht möglich?"

„Na, wenn ihr mich mitnehmt", murmelte der Mann bereitwillig und quetschte sich in unser kleines Auto.

Wenige Minuten später standen wir auf dem Deich, während Herr Wilberg zwei Jungen beauftragte, doch mal die Pferde herüberzutreiben. Die Tiere liefen auf einer langgestreckten Flußweide, zur Hälfte mit Gebüsch und Birken bestanden. Das waren kleine Waldareale, in denen Pferde sich gut unterstellen konnten.

Eine plumpe rote Ponystute und ein häßlicher brauner Großpferdewallach preschten plötzlich durch das Gestrüpp.

„Doch wohl nicht der da?" rief ich.

„Nee, nee, warte nur, er kommt noch", beruhigte mich Herr Wilberg, „paß auf! Da ist er schon."

Fast fielen mir die Augen aus dem Kopf, als ich fasziniert auf ein Wesen starrte, welches offensichtlich nicht von dieser Welt war.

Manchmal haben Pferde etwas an sich, was uns Menschen unendlich fasziniert. Jedes Pferd hat Augenblicke – in denen es vielleicht den Kopf hebt und in die Weite schaut – oder einen fernen Artgenossen begrüßt – oder sich auch einfach nur die Nüster am Vorderbein reibt –, wo es uns hinreißt zu einem wie auch immer gearteten Entzücken. Selbst dieser grobknochige braune Wallach oder die plumpe kleine Stute zeigten sicherlich solche Momente. Es ist das „gewisse Etwas“, das Pferden zu eigen ist und das uns Menschen nun einmal in ihren Bann schlägt.

Dieses Pferd aber, welches da plötzlich grazil und leichtfüßig aus dem Gestrüpp sprang, einen Augenblick verharrend in unsere Richtung starrte und dann, den Kopf waagerecht erhoben und zu uns herübergeworfen, mit wehendem Schweif und flatternder Mähne schwebend erst im Trab, dann in anmutigem Galopp ein Wäldchen entlangflog, war „das gewisse Etwas“ in Pferdegestalt schlechthin. Seine Beine waren weiß, ebenso die halbe Mähne und der Schweif.
Keineswegs plump, sondern etwas bizarr gezackt, überzogen schimmernde, goldrote Flecken von der Farbe der legendären Don-Pferde Hals und Rumpf, während die andere Hälfte der Mähne und sein Schopf einen schwarzen Kontrast zu dem pastellfarbigen Ganzen darstellten. Ein zierliches braunes Köpfchen mit Blesse und dem Blick eines scheuen Rehs oder auch eines überaus sensiblen Menschen rührte mein Herz zutiefst, ließ es weich werden und dahinschmelzen. Nicht zu reden von dem erbarmungswürdigen Futterzustand, der geradezu alle unsere Pflegeinstinkte herausforderte.
Die Scheckung stört bei der attraktiven Farbe wirklich nicht, und was macht schon das viele Weiß in seinen Augen, wo doch der Blick so unendlich sensibel ist. Überhaupt gibt es viel Unsinn und Aberglauben rund ums Pferd herum. Man darf nicht alles so wörtlich nehmen, was irgendwer irgendwo geschrieben hat. Dazu die wunderbaren Bewegungen: Dieser federleichte, schwungvolle Trab, der herrliche Galopp. Hirschhals? Ach, das macht in dem Falle überhaupt nichts bei einem solchen Hälschen. Und daß er grauenhaft mager ist, dafür kann er ja wohl nichts. Das läßt sich schnellstens beheben.
So etwa sprach ich mit mir selbst und verteidigte automatisch alles, was an diesem Pferd nicht ganz perfekt war. Seine stei-

len, geschliffenen Sprunggelenke, sein etwas zu langer Rükken, seine Sternguckerhaltung.
Helmut und Traudel taten es ebenso. Wir waren wie hypnotisiert. Unser normales, rationales Denken war ausgeschaltet. Wir wollten doch schließlich keine miesen Fehlergucker sein – nicht wahr?
Bereits auf der Rückfahrt machten wir Pläne: „Also die Betty, die braucht nun ein Pferd, mit dem sie weder gesundheitliche noch reiterliche Probleme hat. Ich denke, ich kann ohnehin nur zweie reiten. Wir können ihr den Ali verkaufen, der ist in jeder Hinsicht in Ordnung."
Ali sollte eigentlich jetzt in meinen Besitz übergehen, denn ich war nur wenige Tage zuvor zur Bank gegangen, hatte Kredit aufgenommen und diesen Helmut und Traudel für ihr Geschäft zur Verfügung gestellt, das damals schon nicht mehr sehr gut lief. Mit Ali wäre ein Teil des Kredites abgegolten gewesen.
An der jetzt folgenden Transaktion kann man sehen, wie besessen wir von dem Gedanken waren, dieses Pferd zu kaufen. Wir hatten alle drei überhaupt kein Geld. Aber die Vorstellung, jemand anderes könne uns zuvorkommen, erschien unerträglich. Deshalb kamen wir überein, daß wir irgendwann später den Schecken mit dem von mir zu Verfügung gestellten Kredit verrechnen würden.
So in etwa verblieben wir: Traudel und Helmut verkauften Ali und kauften Bastion, den ich übernehmen würde.

Am folgenden Wochenende stand der magere Schecke in einer Box im Stall von Herrn Wilberg. Der Wallach machte keinerlei Schwierigkeiten beim Sattelauflegen und ließ mich auch anstandslos aufsitzen. Alles ging reibungslos. Erleichtert wischte Herr Wilberg sich den Schweiß von der Stirn.
Es war merkwürdig. Wir wollten dieses Pferd gut finden, und zunächst einmal spielte der Schecke das Spiel mit. Sein dünnes Hälschen ließ sich ganz leicht in Vorwärts-Abwärts-Richtung bringen. Zufrieden gedehnt kaute Bastion nach unten ab. Vor-

sichtiges Parieren und Antraben – hej, welch herrlich schwebendes Gefühl – zeigte nur, daß er außerordentlich geschickt und lernfähig war. Ich brauchte ihn nicht im mindesten „anzupacken". Höchstens zehn Minuten ritt ich zur Probe. Dann ließ ich ihn am hingegebenen Zügel in seinem wunderbar weiten, schwingenden Schritt entspannen, hielt an und saß ab. Noch am selben Tag machten wir den Kauf perfekt und akzeptierten damit den höchsten Preis, den wir bei diesem Händler jemals für ein Pferd bezahlt hatten.

Es war Winter, und für uns gab es keine Reithalle in erreichbarer Nähe. Was machte das aber schon. Bastion, den ich in Bastian umtaufte (klang das eine doch zu uneinnehmbar, und ist nicht der Name auch Omen?), war ohnehin so heruntergekommen und mager. Auch schien er nicht viel Umgang mit Menschen gehabt zuhaben. Scheu sprang er zurück, wenn ich mit Halfter oder Trense kam, ließ seine Hufe nicht aufheben, verkrampfte sich beim Putzen.

Lediglich zwei Gruppenausritte im Schritt wagten wir in dieser Zeit. Bei dem zweiten wurde Bastian so nervös, daß ich die anderen umzukehren bat. Es war wohl noch zu früh und der Wallach zu unsicher.

Fast jeden Abend fuhr ich zum Stall und übte mit viel Geduld und Leckerchen Halftern, Führen, Putzen, Hufeaufheben, Trensen, Satteln, Longieren. Angebunden habe ich ihn allerdings dabei niemals. Täglich kochte ich Mash und weichte sorgsam süße Rübenschnitzel für ihn ein. Heu und Stroh bekam er, soviel er mochte.

Als es März wurde, sah der Schecke halbwegs ordentlich genährt und gepflegt aus. Man konnte ihn halftern, führen, putzen, seine Hufe aufheben, ihn trensen, satteln und longieren. Jedoch machte er beim Aufsitzen plötzlich Schwierigkeiten. Scheu und verrückt sprang er, halb steigend, immer wieder hin und her. Es war fast so, als sei Bastian die ganze Zeit in einer Art Trance gewesen und registrierte nun erst, langsam aufwachend, daß jemand sich auf seinen Rücken setzen wollte.

Entschlossen übte ich zwei Tage lang nichts anderes als Auf- und Absitzen. Die reichlichen Belohnungen taten wohl das Ihrige. Jedenfalls drehte ich schließlich vorsichtig in unserer halbwegs trockenen und geraden Bahn die ersten Schritt-, Trab- und Galopprunden.

Was für ein Talent. Alles ging mühelos. Zweimal, dreimal rechts und links angaloppiert, und Bastian kannte die Galopphilfe. Er hätte bereits nach zwei Wochen eine E-Dressur gehen können, so feinfühlig reagierte er. Vorsichtig probierte ich deshalb eines Tages eine Vorhandwendung. Doch nach einem Seitwärtstritt blieb er stehen, heftig den Kopf aufwerfend. So ein Mist, ich hätte mehr Abstand vom Hufschlag halten sollen, schimpfte ich innerlich mit mir selbst.

Beruhigend klopfte ich den schlanken Hals: „Ruhig, ganz ruhig, mein Guter. Komm, wir probieren es noch einmal." Doch Bastian wollte jetzt auch nicht mehr vorwärts gehen. Heftig warf er wieder und wieder den Kopf auf und ging dann einen Schritt rückwärts.

Ein mulmiges Gefühl beschlich mich. Eine Erinnerung drängte an die Oberfläche meines Bewußtseins. Etwas kam mir allzu bekannt vor. Ärgerlich versuchte ich es wegzuschieben und Bastian zum Schritt zu bewegen. Bastian ließ sich aber nur in Richtung Stall anreiten.

Also gab ich nach und ritt erst in Richtung Ausgang, um rechtzeitig wieder auf den Hufschlag einzubiegen. Doch erneut stoppte Bastian und warf, deutlich rückwärtstretend, ein ums andere Mal den Kopf nach hinten. Den Zügel hatte ich längst freigegeben.

„Ach, was soll's!" Plötzlich wußte ich ganz genau, was das bedeutete. Ich brauchte mich gar nicht zu fragen, ob irgend etwas Bastian möglicherweise störte – vielleicht die Trense, oder der Sattel? – „Alles Quatsch."

Zitternd stieg ich ab, übte, nur um mein Gesicht zu wahren, noch zweimal das Aufsitzen und führte Bastian dann in den Stall. Tränen saßen hinter meinen Lidern, und ein dicker Kloß schnürte mir den Hals regelrecht zu, während ich nach

Hause fuhr. Nicht einmal das Mittagessen meiner Schwester schmeckte mir, obwohl ich von Natur aus leider allzugern esse.
„Was ist denn bloß los? Was hast du denn?“ fragte Traudel besorgt.
„Ach Traudel, ich habe einen schrecklichen Verdacht, was Bastian betrifft. Ich glaube, er ist nicht in Ordnung, etwas stimmt nicht mit ihm“, antwortete ich bedrückt.
„Meinst du, er hat eine Krankheit, irgendeinen Gewährsmangel? Was glaubst du denn, soll mit ihm nicht stimmen?“
„O nein, das ist es nicht, oder vielleicht doch. Möglicherweise ist er nicht ganz richtig im Kopf.“
„Wieso? Ist er heute nicht gut gegangen? Wollte er nicht so wie du? Hat er gebockt? Bist du heruntergefallen?“
„Nein, nein, nichts dergleichen. Er verhielt sich nur merkwürdig.“
„Na, Mensch, dann nimm's nicht so. Bisher ging er doch super. So ein Pferd hat auch mal einen schlechten Tag. Bastian ist unerfahren und jung.“
Ich mochte meinen Verdacht nicht in Worte kleiden, aus Angst, wenn ich das entscheidende Wort ausspräche, würde es zur unverrückbaren Wirklichkeit werden. Noch hatte ich trotz allem einen Funken Hoffnung. Deshalb zuckte ich abwehrend mit den Schultern.
„Gar nichts ist mit ihm“, sagte meine Schwester fest, „vielleicht hast du einfach zuviel verlangt. Du neigst manchmal wirklich zu Übertreibungen.“
„Möglicherweise hast du recht“, gab ich zu. „Ich werde ihm drei Tage Zeit lassen und dann etwas anderes probieren.“
Ein dumpfes, nagendes Gefühl von Zweifeln hielt mich zwar gefangen, aber ich beherrschte mich. Vielleicht sah ich wirklich nur Gespenster.

Nach drei Tagen betrat ich mit der Trense Bastians Box. Wie oft hatten wir das nun schon geübt? Es klappte seit Wochen anstandslos.

Doch heute sprang der Wallach zurück und drehte mir das Hinterteil zu. Sein Verhalten überraschte mich nicht sonderlich. Es bestätigte nur meine dunklen Ahnungen. Trotzdem schloß ich in aller Ruhe die Boxtür, ordnete übertrieben langsam die Trense, während ich mich betont gleichgültig und ohne ihn anzusehen seinem Kopf näherte. Wie alle Pferde blieb er stehen, als er das Gefühl hatte, ich würde nichts von ihm wollen.
Gleitend schob ich die Hand unter seinem Hals hindurch auf die Nase und streifte die Trense über, die Belohnung mit der Linken nachschiebend. Er war zu verdutzt, um sich zu widersetzen, und kaute fast verlegen auf dem Leckerchen. Trotzdem verzagt legte ich den Sattel auf und führte den Wallach nach draußen vor den Stall, wo ich aufsaß. Am langen Zügel lenkte ich ihn vorsichtig in den Wiesenweg, den er vom täglichen Führen und unseren zwei Gruppenritten zur Genüge kannte.
Bastian war verkrampft. Er ging zwar mit raumgreifenden Schritten, hob jedoch immer wieder den Schweif und äpfelte nervös. Irgend etwas hatte er vor.
Ich riskierte kaum die Schenkel richtig anzulegen, denn ein zeitweiliges Stutzen, ein Zähwerden warnte mich nachdrücklich.

Vielleicht acht Wochen zuvor hatten wir unsere Schrittausflüge gewagt. Bastian folgte den beiden ruhigen, verkehrssicheren Geländeponys Bube und Jan. Doch auf halben Wege war der Schecke seltsam zäh geworden. Einmal stoppte er beinahe und machte kopfschlagend Anstalten, sich herumzuwerfen. Hatte Bube vielleicht gedroht? Warum fühlte der Schecke sich so merkwürdig an? Warum reagierte er auf keine Hilfe mehr – er, der sonst so Sensible? Mochte er vielleicht nicht hinter anderen Pferden gehen?
„Nur nichts provozieren“, hatte ich mir zugeraunt und nach leidlichen weiteren hundert Metern darum gebeten umzukehren. Man darf von einem jungen, unerfahrenen Pferd nicht zu

viel verlangen. Doch auch damals hatte ich ein Gefühl von dumpfer Beunruhigung verspürt.

Nach fünf Minuten versuchte ich nun anzutraben. Bastian wurde zäh. Meine Schenkel drückten etwas energischer. Bastian antwortete mit Kopfaufwerfen und Rückwärtsgehen.
Noch einmal drehte ich, einen weiten Bogen auf einem Acker schlagend, um und versuchte anzutraben. Bastian ruckte zurück. Dabei sah ich einen Augenblick seinen entschlossen unwilligen, ja wütenden Gesichtsausdruck. Energisch ließ ich die kurze Springpatsche mit dem breiten Blatt am unteren Ende auf seine Schulter klatschen. Das reichte: Bastian stieg kerzengerade.
Jeder weitere Versuch, in eine andere Richtung als den Stall zu lenken, wurde mit Kopfaufwerfen und der Drohung zu steigen beantwortet. Und das war es, was ich drei Tage zuvor auch in der Bahn gefühlt hatte: Bastian war ein *Steiger*. Und Steiger kann man für gar nichts brauchen. Sie sind nur gefährlich.
Einen letzten Versuch unternahm ich nun draußen im Gelände auf dem freien Feld. Ich drehte die Gerte in der Hand herum, um ihm den Knauf gegebenenfalls zwischen die Ohren zu schlagen. Doch noch während ich sie wandte, machte Bastian eine katzenhafte Bewegung mit Hals und Kopf nach unten und zur Seite weg. Er kannte diese Geste eines Reiters allzugut. Ich war keineswegs die oder der erste, die mit ihm an diesen Punkt gelangt war.
Tränen strömten mir übers Gesicht, als ich ihm seinen Willen ließ. Eilfertig strebte er nach Hause, jedoch nun jede Hilfe von mir mit angelegten Ohren und Kopfaufwerfen quittierend. Es war ja egal, ich konnte ruhig aufgeben. Mit diesem Pferd war ich fertig.
Doch als er dann beim Abtrensen in dieser scheuen Art zurücksprang, die er ganz zu Anfang – vor Monaten – gezeigt hatte, verlor ich die Beherrschung und schlug ihm die Trense über die Kruppe. „Spring nur!“ schrie ich, außer mir vor Ent-

täuschung und Schmerz, „du dämliches Vieh, ich wollte dir ein schönes Leben bereiten, aber du bist zu blöd!“
Wieder ließ ich die Trense über seinen Rücken sausen. „Ja, hab nur Angst, jetzt hast du endlich einmal Grund dazu!“ Und noch einmal schlug ich zu, bevor ich die Boxtür zudonnerte.
„Faß dich! Faß dich!“ sagte ich mir dann immer und immer wieder selbst, während ich zu den anderen Pferden ging.
Mein Gott, da kam mein grundguter Condor gelaufen, der sich freute, wenn ich mich auf seinen Rücken setzte. Verzweifelt schluchzend schlang ich meine Arme um seinen Hals. Irrte ich mich, oder war Condor zufrieden, daß ich den Schecken nun gestraft hatte? Lief doch Condor vorwurfsvoll wiehernd am Zaun entlang, wenn ich ein anderes Pferd ritt. Doch der Connemarawallach war zu jung und außerdem viel zu klein.
Verdammter Ehrgeiz. Condor konnte mit seiner Größe von einsfünfunddreißig meine Ehrgeize nicht befriedigen.
Und da stand der treue Ali, der gar nicht begriff, weshalb ich mich plötzlich nicht mehr um ihn kümmerte. Er hatte sich die größte Mühe gegeben und war mit mir so wunderbar gegangen. Doch weil auch er etwas zu klein und zu schmal für mich war, überließ ich ihn Betty, der gegenüber er sich jetzt manchmal richtig gehässig gebärdete, während ich meine Zeit mit diesem Mistvieh verschwendete.
Aber das war nun vorbei. Ich mußte zu einer Entscheidung kommen, und selbstverständlich wußte ich, wie sie auszusehen hatte. Entschlossen wischte ich meine Tränen ab und schluckte heftig.

„Es ist zwecklos“, verkündete ich beim Mittagessen. „Glaubt mir, ein solches Pferd kann man nicht korrigieren, statt dessen läuft man Gefahr, selbst im Rollstuhl zu landen oder sich das Genick zu brechen. Dazu habe ich keine Lust. Laßt uns Wilberg anrufen. Er soll ihn zurücknehmen oder gegen ein halbwegs vernünftiges anderes Tier umtauschen. Der Wilberg, der hat das auch gewußt, der wußte von allen Schwierigkeiten mit diesem Mistvieh. Klar, hätte ja auch mit uns gutgehen können. Wißt ihr noch, wie der Ali sich beim Sattelauflegen angestellt hat? Oder diese verrückte Rosi, wie sie sich aufführte? Wilberg hat immer nur solche Pferde. Entweder man kriegt sie hin, oder man läßt es bleiben. Aber mit dem Bastian hat es keinen Sinn. Das wird nichts."

„Meinst du wirklich?" fragte mein Schwager. „Bist du sicher, daß du das nicht zu pessimistisch siehst?"

„Ganz sicher. Ich habe schon zweimal solche geritten. Sie waren und blieben gefährlich. Im entscheidenden Moment fingen sie stets an zu steigen. Immer dann, wenn ihnen etwas nicht paßte. Du kannst dann gar nichts machen, mußt mit den Zügeln nachgeben, damit sie nicht die Balance verlieren. Und das ist es, was diese Pferde genau wissen. Deshalb sind das hoffnungslose Fälle."

Doch Traudel und Helmut wollten Bastian nicht zurückgeben. War es vielleicht, weil wir bisher mit jedem noch so schwierigen Pferd zurechtgekommen waren? (Vielmehr – ich war damit zurechtgekommen.) Hatten sie Angst, den Ruf zu verlieren, mit jedem, auch dem schwierigsten Pferd fertigzuwerden?

Aber war es denn nicht mitunter angebracht, aufzugeben, wenn die Vernunft es verlangte, und sich nicht um jeden Preis in eine Sache zu verrennen ohne Aussicht auf Erfolg?

„Macht, was ihr wollt", sagte ich deshalb fest, „nur versteht mich bitte. Ich war regelrecht verliebt in dieses Pferd und bin nun entsetzlich enttäuscht und traurig. Ich will Bastian nicht mehr sehen. Ich will und werde mich nicht mehr um ihn kümmern!"

Das brachte meinen Schwager und meine Schwester in Schwierigkeiten. Aber mein Entschluß stand fest. Bei klaren Besitzverhältnissen hätte es natürlich keinen solchen Konflikt gegeben. Von mir wäre Bastian unverzüglich zu Herrn Wilberg gebracht worden. Wilberg, da war ich mir ganz sicher, hätte mit sich reden lassen. Schließlich bekam er das Pferd in weitaus besserem Zustand zurück, als er es verkauft hatte. Und früher oder später stand auch in seinem Stall immer mal wieder ein halbwegs annehmbares Pferd. Ich konnte und wollte Bastion wirklich nicht mehr sehen.

Tatsächlich war ich so unglücklich, daß mir noch tagelang sogar im Büro die Tränen herunterliefen, sobald ich an diesen vermaledeiten Schecken dachte, aber entschlossen schlug ich ihn mir aus dem Kopf – und ebenso den immer wieder aufkommenden, nagenden Zweifel, ob ich mich nicht doch geirrt hatte.

Man stelle sich vor, irgend jemand käme ganz wunderbar mit dem Wallach klar, hätte gar Turniererfolge? Möglich war schließlich alles. Pferde verhalten sich meiner Meinung nach oft überraschend, und ich hatte schon viel gesehen. Bloß – wie stand ich dann da?

Natürlich wünschte ich mir, daß meine Schwester dieses Problem mit einbezog und sich entsprechend sensibel verhielt. Aber das genaue Gegenteil war der Fall.

Die nun folgenden Wochen und Monate erforderten meine ganze Selbstbeherrschung und auch Selbsterkenntnis. Immer und immer wieder sagte ich mir: „Du hast ihn selbst aufgegeben, also nimm es hin und reg dich nicht auf."

Aber das bisherige gute, mehr als geschwisterliche Verhältnis zwischen Traudel und mir bekam nun einen Riß, der sich schließlich zu einem klaffenden Abgrund erweitern sollte. Mit geradezu naiv-vertrauensvoller Stimme flötete Traudel beispielsweise: „Was meinst du, Charlotte? Ich las heute die Annonce eines bekannten Berufsreiters, der auch schwierigere Pferde korrigiert. Soll ich den mal wegen Bastian anrufen?" Stets stand sie bei solchen Äußerungen seitlich von mir und wandte ihr Gesicht ab, offensichtlich gespannt auf meine Reaktion wartend. Das hieß natürlich, daß sie meine frühere Berufsreitertätigkeit und damit meine Erfahrungen, Einsichten und mein Beurteilungsvermögen nicht mehr anerkannte.

Aber ich machte gute Miene zum bösen Spiel. Ich antwortete beispielsweise: „Mhm, ja, natürlich ist es nicht falsch, mal

einen anderen Bereiter zu fragen. Vielleicht weiß der ja ein Rezept."
Oder: „Sicher, keine schlechte Idee, laß uns ruhig zu Frau X. fahren, sie kennt viele unkonventionelle Methoden."
Oder auch: „Klar, vielleicht mag Bastian ja lieber von jungen Mädchen geritten werden, die ihn nicht fordern. Wie schön, daß er jetzt so wunderbar willig geht."
Die Berufsreiter mochten aber keine Garantie für Erfolg geben, forderten nur insgesamt enorme Preise für mindestens halbjährige Korrektur. Ein hartgesottener Westernreiter sagte: „Ach wissen Sie, ein Steiger? Nee, damit mag ich mich nicht beschäftigen. Ich habe Frau und Kinder."
Ein Blick auf das wohlgelungene Foto des Schecken, und die berühmte Pferdekennerin winkte ab. „So etwas ist schwierig", murmelte sie zwischen den Zähnen hindurch und gab uns ein paar lauwarme Ratschläge. Keine Rede davon, ein Korrekturangebot zu machen. Meine Schwester war sehr enttäuscht.
Immerhin habe ich in dieser Zeit einsehen gelernt, daß es bessere Pferdekenner gibt als mich. Ich hatte mich von dem Wallach blenden lassen, was der bekannten Reiterin zum Beispiel nicht passierte.
Bastian zeigte sich interessanterweise stets so lange rührend und auch zutraulich, wie sich jemand noch nicht auf seinen Rücken gesetzt hatte. Offensichtlich empfand er Gerittenwerden als Zumutung oder Vertrauensbruch. Er war außerordentlich intelligent und merkte sich das. Wer einmal aufgesessen war, wurde von ihm tags darauf prompt mit der Kehrseite empfangen. Erste Proberitte verliefen mit ihm aber immer ohne Schwierigkeiten. Jedoch verband er Halftern, Trensen und Aufsitzen immer wieder mit Gerittenwerden. Deswegen nützte auf die Dauer auch das geduldigste Üben allein solcher Tätigkeiten nichts. Man konnte in dieser Hinsicht nur Scheinerfolge mit ihm erringen.
Auch ich redete mir hinterher allzugern ein, die nachfolgenden Reiter hätten ihn beim Trensen oder Aufsitzen „verdorben" oder beim Longieren „falsch behandelt". Bastian hatte

seine eigene Gesetzmäßigkeit, die darin bestand, daß er niemandem erlauben wollte, sich öfter auf seinem Rücken niederzulassen oder ihn gar regelrecht zu trainieren. Früher oder später blamierte er deswegen praktisch jeden seiner Reiter.
Traudel war in der Folgezeit auf der ständigen Suche nach jugendlichen Reitern, die ihr das angsteinflößende Reiten des Schecken abnehmen und ihn korrigieren sollten. Einige Jugendliche versuchten sich auf seinem Rücken, doch besorgte Eltern verboten das offensichtlich nach kurzer Zeit – mit Recht –, oder die Kinder gaben es selbst auf.
Bastian sollte Erfolg haben, doch er weigerte sich, ganz so, wie ich es vorausgesehen hatte. Ich bekam aber von Traudel immer wieder zu hören, wie wunderbar Bastian nun ginge und daß es keinerlei Probleme mehr gäbe, womit sie mir zu verstehen geben wollte, daß andere Leute besser reiten konnten und über mehr Pferdeverstand und Einfühlungsvermögen verfügten. Und obwohl die Lobeshymnen stets nach kurzer Zeit verstummten, verletzten mich die spitzen Äußerungen ein ums andere Mal erneut. Das Problem war wohl, daß ich, obwohl ich mir in bezug auf Bastian sicher war, meiner selbst eben niemals ganz sicher bin. Während Traudel aus mir unerfindlichen Gründen ihre Selbstbestätigung daraus ziehen wollte, besser und klüger zu sein als ich – ja sogar besser reiten können zu wollen.
Es war ein starkes Gift, das dieser Schecke zwischen uns streute. Vielleicht war es auch gar nicht sein Gift, sondern durch ihn wurde nur das untergründig Problematische in der Beziehung zwischen meiner Schwester und mir zutage befördert.

Die Ereignisse im einzelnen, soweit ich sie miterlebte bzw. erzählt bekam:
Bastian wurde von Traudel zunächst einmal auf die Stadtweide gebracht. Willig folgte er meiner Schwester auf den Hänger, auf dem wartend der ruhige Bube stand. Kaum jedoch war das Seil um den Ring geschlungen, warf sich Bastian, stei-

gend und sich überschlagend, hintenüber, der Panikhaken öffnete sich.
Einen Augenblick lang rollte der Schecke am Boden, bevor er aufsprang und über den Hof schwebte, seinen scheuen Rehblick bei erhobenen Kopf rückwärts auf uns gerichtet. Zweifellos war er verrückt, aber alle Anwesenden waren dennoch verzaubert von der unglaublichen Grazie, mit der er seine schlanken Fesseln über unseren Misthaufen warf, bevor wir ihn schließlich eingekreist und eingefangen hatten. Traudel blieb nun mit dem unangebundenen Bastian im Hänger stehen, während wir von hinten die Stange einhängten, die Klappe hochhoben und die Riegel einschoben.

Eines Abends im Badezimmer sah ich unterhalb der Achselhöhle meiner Schwester, aber auch auf Schultern und Rippen blutunterlaufene Stellen.
„Um Gottes willen, was hast du denn gemacht?“ rief ich entsetzt.
Nach einigem Herumdrucksen gab sie zu, Bastian geritten zu haben.
„Es ging überhaupt nicht schlecht“, erklärte sie trotzig, „bloß hat sich Bastian plötzlich vor etwas erschreckt. Vielleicht mochte er auch nicht hinter Bube hergehen. Jedenfalls sprang er zur Seite und zurück, ich habe die Balance verloren und bin runtergefallen.“
Meine Schwester war nie eine sichere Reiterin und brauchte stets ausgesprochene Verlaßpferde.
„Ja aber wie hast du dann diesen riesigen Bluterguß in der Achselhöhle gekriegt?“ fragte ich, erschrocken auf die mehr als handflächengroße, teilweise offene Wunde starrend.
„Na ja – ich wollte ihn nicht loslassen – du weißt, die Bundesstraße ist nah – und habe die Zügel festgehalten. Deswegen ist er gestiegen und einige Male mit den Vorderhufen auf mir gelandet.“
„Mensch, bist du verrückt? Wie kannst du dich auf dieses irrsinnige Pferd setzen?“

Wütend starrte ich sie an, um dann etwas ausführlicher zu werden: „Verstehst du denn nicht? Der ist gefährlich. Mensch, du hast auch Familie und Kinder. Warum willst du das denn unbedingt? Denk doch bitte mal an mich. Ich glaube nicht, daß man ihn hinkriegen kann. Es würde mich aber meinen guten Ruf kosten, wenn es tatsächlich jemand schaffte. Schließlich bin ich Reitlehrerin, wenn auch nur noch nebenberuflich. Überleg dir das einmal und sei loyal mit mir. Bitte! Sprich mit Wilberg, gib ihn zurück!"

Anstatt aber Bastian zurückzugeben, verkaufte meine Schwester ihn an unsere kleinstädtische Reitschule. Der Besitzer liebte nämlich Schecken und war wohl auch ebenso hingerissen von diesem Pferd wie die meisten Menschen, die es erstmals sahen.
Doch meine Schwester schrie mich am Abend nach dem Verkauf unerwartet geradezu bösartig an: „Du, deinetwegen habe ich das arme Tier verkaufen müssen, weil du so grausam bist und dich nicht mehr um Bastian kümmern willst!"
Ich verstand ihre Aggression gegen mich nicht. Was war nur in sie gefahren?
„Hör mal", protestierte ich deshalb, „meinetwegen brauchst du ihn nicht zu verkaufen, schließlich kannst du tun, was immer du willst. Bloß weiß ich nicht, was du damit willst. Auch dachte ich, daß du deine Schwester vielleicht lieber hättest als den blöden Gaul, aber da irrte ich wohl. Trotzdem habe ich mit dem Verkauf nichts zu tun, denn ich wollte Bastian zurückgeben."
Nun, kurze Zeit später war der Reitstallbesitzer gern bereit, den sensiblen Schecken wieder abzugeben. Pferde in einem Reitstall müssen sich reiten oder verkaufen lassen. Nachdem Bastian sich aber wohl schließlich und immer wieder vehement weigerte, versuchte der Reitlehrer, ihn an der Longe zur Räson zu bringen. Wie wahnsinnig mußte der Schecke gerast und gestiegen sein. Insgesamt hatte die Aktion nur den Erfolg, daß sich der Wallach danach auch nicht mehr longieren ließ.

Meiner Meinung nach machte Traudel sich zum Gespött des gesamten Reiterbezirks, als sie Bastian – auch noch zu einem höheren Preis, als sie dafür erhalten hatte – zurückkaufte. Er habe ihr leid getan, wie er – nur wegen meiner Grausamkeit – so unverstanden und unglücklich habe in dem Reitstall stehen müssen. Inzwischen ließ der Wallach sich erneut nicht mehr ohne Schwierigkeiten halftern, trensen und aufsitzen, und das Longieren war ganz und gar unmöglich geworden. Nur das Hufegeben klappte als einzige der von mir erlernten Übungen noch. Kein Wunder – stand es doch auch niemals im Zusammenhang mit Gerittenwerden.

Von nun an sollte ich wohl wieder den richtigen Namen verwenden: Bastion – die uneinnehmbare Festung.
Ein Westernreiter nahm sich schließlich seiner an (gleichermaßen übrigens meiner Schwester, was ihr einigermaßen gut tat). Der Mann verstand durchaus etwas von Pferden und Reitern.
Niemals verstieg er sich so weit, meiner Schwester zu sagen, daß Bastion ein hoffnungsloser Fall sei. Vielmehr redete er ihr – zunächst erfolglos – gut zu, schmeichelte ihrer holden, jedoch schwachen Weiblichkeit, die nun einmal ein etwas besonneneres, zuverlässigeres Pferd zum Reiten brauchte.
Er selbst blieb jedenfalls nach einigen Reitversuchen mit dem Wallach lieber bei seiner bewährten alten Scheckenstute. Endlich verfiel er auf die glorreiche Idee, dem Wallach einen Spat anzureden (unheilbare Verschleißerscheinung im Sprunggelenk). Geradezu begeistert ging Traudel darauf ein (und ich ebenfalls, wie ich zu meiner Schande gestehen muß).
War diese Möglichkeit, sich mit Anstand aus dem Dilemma zu ziehen, denn nicht zu schön? Man konnte das Pferd nicht mehr reiten, weil es krank war, ja vielleicht schon immer gewesen war, weshalb es sich möglicherweise noch niemals gern reiten ließ? Dabei wußte gerade ich, wie leicht man eine falsch-positive Spatprobe erzielen kann, indem man das Bein einfach zu lange angewinkelt festhält.

Joey, wie sich der Westernreiter nannte, brachte alsbald einen kaufwilligen Händler mit. Dieser setzte angeblich große Hoffnungen in Bastion, weil ein Halbbruder, ein anderer Sohn des russischen Hengstes, Erfolg auf Springturnieren gehabt habe. Natürlich bezahlte er weniger als den Schlachtpreis und gab meiner Schwester sogar noch das Gefühl, ihn einerseits übers Ohr gehauen (wegen des Spats), aber andererseits das Pferd doch nicht herzlos in die Hände von Schlächtern gegeben zu haben.
Vom Kauf bis zum jetzigen, endgültigen Verkauf des anmutigen Ungeheuers war gerade ein Jahr vergangen. Man kann sagen, daß zu diesem Zeitpunkt alles, was uns drei – Traudel, Helmut und mich – zuvor zusammengehalten hatte, so gut wie zerbrochen war: Das Geschäft wurde geschlossen, alle Pferde und Ponys von Traudel und Helmut mußten verkauft werden, ebenso ihr ererbtes Haus. Die Ehe der beiden war zerrüttet, und unsere Freundschaft, mein Vertrauen zu Traudel waren zerstört.
Die Araber scheinen eben doch recht zu haben mit ihrem Spruch: „Meide den Schecken ..." – warum auch immer.

Noch einmal, zum letzten Mal, hörten wir gerüchteweise kurz darauf vom weiteren Lebenslauf des inzwischen geradezu legendären Scheckens: Der Besitzer des wohl berüchtigtesten und größten Pony- und Pferdehandels – sozusagen der Kopf der Pferdeunterwelt – kaufte den Schecken auf dem bekanntesten Schlachtpferdemarkt im Ruhrgebiet und brachte ihn auf seinen riesigen Hof.
Der Senior des Hofes, der seinen Sohn mit diesem Pferd zum Hoftor hereinkommen sah, besaß offensichtlich mehr Pferdeverstand als sein Filius. Er bedachte sowohl den Junior als auch das Pferd mit lauten Flüchen und Gebrüll. Sofort sollte das „Unglücksrabenvieh" wieder vom Hof verschwinden.
Vielleicht war es ja auch ein Gerücht, daß er dann augenblicklich von einem verliebten Westernreiter gekauft wurde, der

ihn mit sich in die weitestentfernte deutsche Großstadt genommen haben soll.
Zweifel bestehen deshalb, weil dieser Ponyhof einen hauseigenen Notschlachtungsbetrieb zu seinen Einrichtungen zählt.

Was war nur an ihm, was hatte er an sich, daß er die Gemüter der Menschen so aufwühlte? Traudel beispielsweise hat mir niemals verziehen, daß – ja was eigentlich?
Kürzlich schrieb sie mir in einem Brief (zehn Jahre danach), sie wisse, daß ich allein dieses Pferd verdorben hätte – nur deshalb habe sie nicht mehr damit zurechtkommen können.
Das hat mich erneut noch einmal geschmerzt und ist vielleicht der Grund, weshalb ich diese Geschichte erzähle. Auf jeden Fall zerrte Bastion die Schwächen seiner Reiter und Besitzer ans grelle Tageslicht.
Mein Problem damals war, daß ich Bestätigung durch die Pferde suchte – und ihren Wert oder Unwert daran maß, inwieweit sie mein Selbstwertgefühl stärken konnten. Das war es, was mich so verletzlich machte. Ich begreife jetzt, daß gerade das, was uns gemäß unserer Vorstellung stark machen soll, uns im Grunde empfindlich und angreifbar macht: nämlich der Wunsch nach Liebe, Anerkennung und Erfolg.

Das Pferd des Reitlehrers

Erwartungsvoll reckten wir die Hälse, als das Auto mit dem Pferdeanhänger um die Ecke bog. Ja, das war er, unser neuer Reitlehrer, Herr Becker, der seit vier Wochen die Leitung des Reitbetriebes hatte. Er brachte sein Pferd, das er vom Bahnhof abgeholt hatte, wo es im Waggon von Paris bis hierher gereist war.

Eilfertig sprangen wir hinzu, kaum daß der Wagen hielt, um beim Abladen behilflich zu sein. Das Pferd eines Reitlehrers ist immer etwas Besonderes. Gewöhnliche Reiter haben gewöhnliche Pferde, Reitlehrerpferde dagegen ...? Gebannt verfolgten wir, wie der Chef selbst den Hänger betrat und sein Pferd herausführte.

„Aaahhh! Oooohhh! Welch eine Schönheit!" hauchten wir Mädchen ergriffen, als die rotgoldene Stute die Klappe herunter und in den Hof tänzelte. Sie war nicht besonders groß, jedoch perfekt gebaut. Auf einem hübsch geschwungenen Hals saß ein entzückend arabisches Köpfchen – allerdings die Farbe? Leise Zweifel beschlichen mich. Füchsen mit diesem Gelbstich sagt man nach, besonders schwierig zu sein.

Noch dazu war bei genauerer Betrachtung die schöne Stute stichelhaarig. Zwar hatte ich niemals etwas Negatives über stichelhaarige Pferde gehört, aber ich mag diese über den ganzen Körper verteilten weißen Haare bei Füchsen nicht – andererseits sagt man: Ein gutes Pferd hat keine Farbe.

Entschlossen schob ich mich vor, um dem Neuankömmling vorauszueilen und die Boxtür zu öffnen. Natürlich war die schönste, hellste und größte Box von mir für das Reitlehrerpferd vorbereitet worden. Auf eine dicke Matratze frischen Sägemehls hatte ich zwei Ballen goldenen Strohs verteilt. Ein Berg aufgeschütteltes, duftendes Heu lag vor der Krippe, und in ihr befand sich melassierter, süßer Hafer.

„Charlotte, willst du sie nicht putzen?“ fragte mich ein paar Stunden später der Reitlehrer. Ich war auf diesem Hof Lehrling, deshalb hatte ich seinen Anweisungen zu folgen.
Dieser Auftrag war für mich allerdings eine Ehre. Begeistert lief ich sofort in die Sattelkammer und holte meinen Putzbeutel. Dazu stopfte ich mir Leckerchen in die Tasche und betrat die Box. Die Stute namens Kali erwartete mich mit aufmerksamem Gesicht.
„Na? Wirst du dich von mir pflegen lassen?“ fragte ich, bevor ich eintrat und die Boxtür schloß.
„Das Halfter laß mal weg“, ertönte die Stimme von Herrn Becker, welcher mir gefolgt war. „Meine Kali mag nicht gern angebunden sein. Außerdem ist sie ganz brav, du kannst dich zu ihr in die Box legen.“
„In Ordnung“, antwortete ich und begann, mit dem weichen Gummistriegel über die linke Halsseite zu kreisen, ihn immer wieder ausklopfend und mich weiter über die Schulter, den Rücken und die Kruppe vorarbeitend. Dann wechselte ich zur anderen Seite. Schließlich glättete ich mit der Kardätsche das Fell und brachte es zum Glänzen. Noch einmal ging ich nach links, um mein Werk zu vollenden, als Kali sich plötzlich herumwarf und ihre Hinterbeine in meine Richtung schmetterte.
Ich weiß selbst nicht, wie ich es so schnell schaffte, mich unter die Krippe zu bücken und nicht getroffen zu werden. Blitzschnell drehte Kali sich jetzt abermals und stürzte mit schlangenartig flach angelegten Ohren und aufgerissenem Maul auf mich zu. Ich schrie sie an, schlug mit der Kardätsche zu, sprang zur Boxtür und hinaus – zu Tode erschrocken, doch unversehrt.
Der neue Reitlehrer stand immer noch davor und lachte, lachte und lachte. Später sollte ich sein irres Lachen noch zur Genüge kennenlernen. Jetzt aber starrte ich ihn nur fassungslos an. Er hatte ganz offensichtlich gewußt, daß sein Pferd charakterlich nicht „sauber“ war, und fand das auch noch komisch? Absichtlich ließ er mich das Pferd nicht anbinden,

damit es besser auf mich losgehen könnte – oder weil es sich nicht halftern ließ?
Geknickt wandte ich mich ab. Dem neuen Chef war ein Zacken aus der Krone gebrochen – mindestens einer.
Kali war unberechenbar. Niemand konnte ihre Anfälle voraussehen. Ganz plötzlich wurde sie unvermittelt aggressiv, wenn man sich in ihrer Nähe aufhielt. Beim Aufzäumen, Satteln und Aufsitzen war sie grundsätzlich unduldsam bis bösartig. Stets versuchte sie nach meiner Hand zu beißen, wenn ich ihr die Trense überstreifte, beim Satteln schlug sie gezielt nach meinem Kopf, wenn ich den Gurt unterm Bauch hervorzog, während sie gleichzeitig zu beißen versuchte.
Ebenso verhielt sie sich beim Aufsitzen. Hatte ich sie allerdings einmal erklommen, so ging sie insgesamt recht angenehm. Da war keine Spur von Widersetzlichkeit. Ihre Bewegungen waren weich und schwungvoll. Mühelos ging sie am Zügel. Doch meine Freude an ihrer Rittigkeit war durch die schwierige Prozedur des Sattelns und Aufsitzens getrübt.
Als sie eines Tages in der Halle wieder einmal versuchte, mich beim Aufsitzen zu beißen, versetzte ich ihr einen Schlag mit der Hand auf den Hals. Da brüllte Herr Becker mich vor allen Reitschülern in der Halle an: „Mein Pferd wird von niemandem geschlagen."
Wohl gekränkt, aber doch irgendwie meiner Würde bewußt, drückte ich ihm daraufhin die Zügel in die Hand und sagte: „Ihr Pferd muß auch nicht von mir geritten werden, reiten Sie es doch selbst."
Niemals mehr setzte ich mich danach auf Kali, noch putzte ich sie. Deshalb sah sie später immer reichlich fleckig aus, denn Becker pflegte sie nur sehr sporadisch und auch nicht besonders gründlich.
Becker war insgesamt wirklich zumindest seltsam. Doch stand es mir mit meinen siebzehn Jahren und dazu als Lehrling nicht zu, seine Autorität offen anzuzweifeln. Aber verstohlen beobachtete ich ihn, wenn er – offensichtlich zum Vergnügen

– auf sein böses Pferd einschlug, das er zuvor regelrecht zu Moritaten anstachelte.
Beispielsweise hielt er ihm Futter hin, um es dann wieder wegzuziehen, wenn die Stute es nehmen wollte. Oder er kratzte sie mit dem eisernen Striegel unterhalb des Ellbogens, was sie nicht mochte. Verzweifelt versuchte sie sich dann fast hinzulegen, bevor sie vorsprang und nach ihm trat. Zur Strafe hieb er mit der Gerte auf sie ein. Voller Haß und ohne die geringste Unterwürfigkeit antwortete Kali mit Steigen und Ausschlagen.
Dann lachte der Mann sein irres Lachen, was seine Stute geradezu wildwütig werden ließ. Ihre Augen rollten und ließen fast nur noch das Weiße sehen, während der Kopf schlangenhaft vorstieß, die gelben Zähne gebleckt. War es für das Pferd wirklich nur ein Spiel, wie Becker behauptete? Warum mußte ich dann immer beim Aufzäumen und Satteln helfen?
Becker wurde meiner Meinung nach gar nicht mit seinem Pferd fertig. Spöttisch kräuselte ich die Lippen, wenn ich ihn im Umgang mit Kali beobachtete. Nein, dachte ich, diesen Kerl kann ich nicht akzeptieren, Chef und Reitlehrer hin oder her, er ist ein Armleuchter, mit ihm ist nichts los.
„Mein Pferd schlägt mich nicht!" tönte er beispielsweise laut über den Hof, während er sich direkt hinter die Kruppe von Kali stellte und mit der Hand darauf klopfte. Peng! schlug sie zu.
„Aaauuuu!" jaulte Becker und hielt sich sein Knie – und ich mir den Bauch vor Lachen.
Welch makabere Szenerie. In was für einem Irrenhaus war ich eigentlich gelandet? Aber ich mußte froh sein, überhaupt als Mädchen eine Lehrstelle gefunden zu haben.
Ernsthaft widmete ich mich wieder meiner Arbeit: Die Pferde putzen und für die Reitschüler satteln, Boxen ausmisten und einstreuen, Füttern, Hofkehren ...
Becker tat außer Unterrichten eigentlich nicht viel, brauchte er wohl auch als Reitlehrer nicht. Statt dessen gockelte er ständig im perfekten Reitdreß, weiße Hose und rote Jacke, über

den Hof. Tatsächlich himmelten ihn viele Reitschülerinnen an. Verständnislos schüttelte ich darüber den Kopf. Das könnte mir nicht passieren. Was fanden sie nur an dem Schaumschläger?
Es klingt vielleicht angeberisch, wenn ich behaupte, daß der Reitstall in dieser Zeit nur lief, weil ich alles organisierte und die ganze Arbeit tat, aber es war tatsächlich so.
Daß er es nicht einmal unter seiner Würde fand, mich darum zu bitten, ihm beim Satteln seines Pferdes zu helfen! So schwierig war es schließlich auch wieder nicht. Kali liebte melassierten Hafer, von dem ich mir zuvor eine Kugel preßte. Diese hielt ich ihr hin, und während sie danach schnappte, streifte ich das Zaumzeug über ihren Kopf. Darüber schnallte ich ein Halfter mit zwei Stricken, womit ich sie nach beiden Seiten kurz festband. So konnte sie nicht beißen, wenn ich ihr den Sattel auflegte. Nur ihrem vorschnellenden Hinterhuf hatte ich auszuweichen, während ich den Gurt herüberholte und festzog.
„Bitte schön, Herr Becker, Ihr Pferd steht für sie bereit“, spottete ich mit übertrieben devotem Ausdruck, was er aber nicht zu bemerken schien. Es war Samstagmittag, und Becker wollte mit Kali auf dem nahegelegenen Platz Springen üben. Eigentlich hatte ich jetzt frei, aber interessiert folgten meine Freundinnen und ich dem Reitlehrer. Wir wollten uns das Bild einer springenden Kali nicht entgehen lassen.
Das erwies sich als segensreich für Becker, denn es waren auf diesem Weg eine Brücke und zwei Bächlein zu überqueren. Bereits bei der Brücke machte Kali außerordentliche Schwierigkeiten. Sie hatte Angst, ihre Hufe daraufzusetzen, und sprang davor hin und her.
Energisch rissen wir Mädchen unsere Arme hoch, schrien: „Hüh! Hopp!“, fuchtelten und warfen mit Grasbüscheln, bis Kali einen Satz machte und über den schmalen Steg sprang.
Die Überquerung der Bächlein gestaltete sich noch etwas schwieriger. Ich ging vor ihr her, einen Apfel sichtbar vor ihrer Nase in der Hand haltend, während die anderen Mäd-

chen sie von hinten trieben, bis die Stute auch das zweite Rinnsal überquert hatte. Dann setzten wir uns auf den grasbewachsenen Wall und schauten Becker auf seiner Kali eine Weile zu.
Ihre Springmanier war wirklich wundervoll – und seine Haltung ebenso beispielhaft, das muß der Neid ihm lassen. Würden wir es auch einmal zu solchem Geschick im Springen bringen?
Schließlich rief ich hinüber: „Brauchen Sie uns noch?"
Becker schüttelte verneinend den Kopf, während er das nächste Hindernis anritt.
„O.k. – dann bis morgen!" verabschiedete ich mich und folgte meinen Freundinnen.
Am anderen Morgen um sieben Uhr betrat ich den Stall, die vollen Futterschüsseln auf dem Arm gestapelt. Nanu! Ich stutzte – wo war denn Kali? Ihre Box stand leer. Offensichtlich war der Reitlehrer schon ausgeritten.
Rasch verteilte ich den Hafer und ging dann ins Reitbüro, um nachzusehen, welche Reiter für den Sonntagmorgenritt angemeldet waren. Während ich die Pferde einteilte und überlegte, welches ich als Begleitpferd nehmen sollte, öffnete sich plötzlich die Tür des Umkleideraumes nebenan. Ein geradezu wachsbleicher, übernächtigter Herr Becker trat heraus ins Büro.
„Aber Herr Becker, was ist denn passiert? Wo ist Ihre Kali?" rief ich verwundert.
Mit brechender Stimme berichtete er, daß er bis weit nach Mitternacht versucht habe, sein Pferd dazu zu bringen, die Bächlein zu überqueren. Mit nichts, aber auch mit überhaupt gar nichts sei sie dazu zu bewegen gewesen, nach Hause zurückzukehren. Schließlich habe er sie ausgebunden auf dem Springplatz stehen lassen, wo sie nun noch sei. Becker bot das Bild einer tragischen Figur, eines vollkommen gebrochenen Menschen.
Kopfschüttelnd holte ich eine lange Peitsche und etwas melassierten Hafer. So bewaffnet marschierten wir zum Spring-

platz, wo Kali genüßlich das Gras abweidete. Sie hatte sich offensichtlich gewälzt. Der Sattel hing auf einer Seite, die Trense lag im Gras, wo wir sie erst nach längerem Suchen fanden. Ohnehin war davon nicht mehr allzuviel zu gebrauchen.
Becker führte seine Stute, während ich von hinten nachhalf, sie über die fast ausgetrockneten Rinnsale zu treiben.

Der Reitbetrieb lief in seiner gewohnten Weise weiter. Kali gehörte mit ihren Eigenheiten dazu und wurde bald nicht mehr groß beachtet. Sie war ein zumindest schwieriges Pferd, das eigentlich auch keine überragenden Qualitäten aufzuweisen hatte.
Allerdings kam es einmal zu einem merkwürdigen Zwischenfall. Einem Reiter aus der Abendreitgruppe wurde ein Grauschimmel zugeteilt, der im gleichen Stallabschnitt untergebracht war, in dem auch Kali stand. Langsam versammelten sich die Reiter auf dem Hof, um gemeinsam ihre Pferde zur Reithalle zu führen. Zuletzt erschien Herr Müller, der Apotheker. An der Hand führte er jedoch nicht den Grauen, sondern die stichelhaarige Kali – welche lammfromm, als sei das die selbstverständlichste Sache der Welt, neben ihrem Führer einherlief.
Mir fielen fast die Augen aus dem Kopf. „Herr Müller!“ rief ich, „wie haben Sie denn das Pferd gesattelt?“
„Wieso?“ fragte er, seine Brillengläser zurechtrückend und sich nach dem Pferd umsehend, „ist irgend etwas nicht in Ordnung?“
„Doch, doch, aber es ist das falsche Pferd, Sie sollten Spartacus reiten, den hatten Sie doch auch das letzte Mal!“
„So? Und wer ist denn das? Ist das etwa nicht der Spartacus?“
Herr Müller war offensichtlich nicht nur kurzsichtig, sondern wohl auch farbenblind. Erstaunt schaute er auf die Stute. „So, so? Nicht das richtige Pferd. Schade, dabei ist es so ein Braver“, murmelte er, ihr über den Kopf streichelnd. Mit gerade-

zu heuchlerisch frommem Gesichtsausdruck ließ Kali es über sich ergehen.
Rasch nahm ich sie ihm ab, damit nicht doch noch irgend etwas passierte, und führte sie kopfschüttelnd zurück in ihre Box. Automatisch drückte ich dabei den Trensenring gegen ihre Kinnlade, um ihre Beißattacken abzuwehren, während sie den Hinterhuf seitlich in Richtung meiner Eingeweide vorschnellte, als ich den Sattelgurt löste.

Der Reitlehrer, Herr Becker, überstand die Probezeit in diesem Reitstall nicht. Auch den Besitzern des Hofes war offenbar aufgefallen, daß er zumindest merkwürdig war und es wohl auch an Kompetenz vermissen ließ. Deshalb verschwand er nach kurzer Zeit mitsamt seinem Pferd und ward nicht mehr gesehen.
Ich will Beckers Verhalten nicht entschuldigen, jedoch traf ich später noch einige Reitlehrer, die ungeeignete und verrückte Pferde besaßen. Schließlich erging es auch mir nicht anders. Wie oft hatte ich schwierige bis hoffnungslose Reittiere, während ich verwöhnten Mädchen auf talentiertesten Warmblütern Unterricht erteilte. Der Grund war der, daß Reitlehrer damals nur sehr niedrige Löhne erhielten – Frauen verdienten noch weniger als Männer.
So kaufte auch ich immer wieder Pferde, die zwar Gang und Springvermögen hatten, die ich mir aber nur leisten konnte, weil kein normaler Reiter damit fertig wurde – und manchmal selbst ich nicht.

Verladen

Felix führte seine Stute Antraxa noch trocken, während ich meiner nicht im mindesten verschwitzten Flieder die warme Decke überwarf, den Gurt festzurrte und sie auf den Hänger führte.

Genußvoll knurpschte sie die Möhre, die ich ihr zur Belohnung gab, und zupfte dann zufrieden an dem wohlgefüllten Heunetz, das ich wie stets fürsorglich vorn im Anhänger aufgehängt hatte.

Die Reitstunde war recht harmonisch verlaufen. Flieder hatte mich keineswegs blamiert – im Gegenteil. Die Reitlehrerin, Frau Müller, hatte mir mehrfach lautstark zugerufen, daß mein Pferd noch einiges mehr könne, wenn ich es nur zu reiten verstünde.

Was Frau Müller nicht weiß, ist, daß ich Flieder ganz allein ausgebildet habe. Außer mir hat noch niemand anderes auf ihrem fünfjährigen Rücken gesessen.

Das ist leider schon immer das alte Lied mit mir gewesen: Ich habe nämlich eine ungünstige Reiterfigur. Die Natur hat mich mit kurzen X-Beinen versehen, die zum Ausgleich der verschobenen Statik stets die Fußspitzen nach außen zeigen lassen. Dazu saugen sich meine kurzen, etwas plumpen Oberschenkel keineswegs am Pferderücken an. Zu allem Überfluß versuche ich auch noch dauernd, meinen unelastischen, zu Hexenschüssen neigenden Rücken durch Vorschieben des Kopfes zu entlasten.

Insgesamt biete ich einfach nicht das Bild der eleganten Dressurreiterin – egal wie feinfühlig ich auf Pferde eingehen kann und wie geschickt ich imstande bin, ihnen alles mögliche beizubringen.

Meine Freundin Anneliese dagegen – ja die, das ist eine Reiterfigur. Mein Gott, wie wunderbar elegant sie auf jedem Pferd erscheint. Es macht gar nichts aus, daß sie absolut nicht imstande ist, auch nur das mindeste von dem, was ich ihren

Pferden beigebracht habe, nachzureiten und daß einfach alle Pferde, auch die allerbravsten und gutmütigsten, grundsätzlich anfangen, mit ihr herumzuspinnen.
Jeder schaut nur zu ihr auf und denkt oder raunt es auch leise seinen Freunden zu: „Sieh mal, was für eine Reiterin – bloß schade, daß sie eine so miese Kracke reiten muß."
Setze ich mich dann auf die „miese Kracke", um herauszufinden, warum es denn mit Anneliese gar nicht klappt, funktioniert natürlich alles wie am Schnürchen. Die Trabverstärkungen kommen wie aus der Pistole geschossen, elegant verschiebe ich ein wenig vorwärts – seitwärts, halte, richte rückwärts, galoppiere aus dem Rückwärtsrichten an – einfach super, nahezu perfekt.
„Schaut, schaut!" rufen dann die gleichen Kritiker von zuvor, „was für ein wundervolles Pferd!" Und etwas leiser, raunend, zur Seite gewandt: „Bloß schade, daß es so eine miese Reiterin hat."
Seufz – ich werde damit leben müssen.
Sorgfältig steckte ich den Bolzen durch den Ring, damit die hintere Gesäßstange sich nicht aus der Halterung schieben konnte, und hielt dann nach Felix Ausschau.
„Immer noch nicht trocken?" rief ich über den Platz.
„Doch, doch, ich glaube, ich stell sie jetzt auch weg, bring mir bitte eben die Decke."
Natürlich wollten wir noch auf einen kurzen Umtrunk in die Reitergaststätte.
Antraxa ist eine empfindliche vierjährige Hannoveranerin – ganz anders als meine robuste arabische Flieder. Antraxas Beine müssen immer dick verpackt werden, weil sie sonst unter Hängerklappen tritt oder von ihnen abrutscht und sich Ballentritte und Kronensaumverletzungen zuzieht. Wie eine Diva stand sie da und ließ sich von uns bedienen: Decke, Schweifschoner, Schaumstoffgamaschen, Gummiglocken … fehlte noch etwas? Nein? Dann konnte sie auf den Anhänger gebracht werden.

Doch Antraxa rührte sich plötzlich nicht von der Stelle. Statt dessen hob sie ihren Hals zu Giraffenhöhe und äugte aus waagerechter, etwas schräggelegter Kopfhaltung zu uns herunter. Antraxa hat immerhin einhundertfünfundsiebzig ehrfurchtgebietende Stockmaßzentimeter.
Felix zupfte sachte am Strick. Antraxa verschob anstelle von Vorwärtsbewegung ihre gesamte Karosserie ein wenig nach hinten in guter, fast schon etwas übertriebener Versammlung und schaukelte regelrecht kokett mit ihrer Kruppe hin und her.
Natürlich haben wir auch alle möglichen Geschichten darüber gelesen, weshalb Pferde plötzlich nicht in Anhänger wollen oder aus heiterem Himmel Hindernisse verweigern, die sie normalerweise wie nichts nehmen. Irgend etwas erschreckt das Pferd. Vielleicht ein Stück Konfetti auf dem Fußboden, oder ein Schatten im ohnehin tierquälerisch dunklen Anhänger.
Aber Felix' Hänger war von innen beleuchtet, meine gutmütige Flieder stand vertrauenerweckend darin, und Antraxa war auch einige Male an genau dieser Stelle problemlos verladen worden.
Vielleicht wäre es nun angebracht gewesen, eine Lupe zu leihen und den Hängerboden auf eventuell furchterregende Staubkörnchen oder ähnliches zu untersuchen und diese gegebenenfalls zu entfernen. Aber uns gemeinen und unverständigen Großpferdereitern fehlte mal wieder der Sinn für die uns anvertrauten Tiere.
Wir interpretierten Antraxas Gesichtsausdruck in ganz menschlicher Weise. Der Ausdruck besagte uns: „*Heute?* Jetzt soll ich auf diesen Hänger? *Nee*, finde ich augenblicklich doof. Dazu habe ich überhaupt keine Lust. Ich möchte doch mal sehen, was passiert, wenn ich mich einfach weigere."
Es passierte, daß Felix sie rüde anschrie und ich ihr von hinten einen energischen Klaps auf die Kruppe versetzte. Daraufhin wurde der blasierte Giraffenblick noch um einige Grade hochmütiger, was gelinde aufkeimende Wut in unseren Groß-

pferdebesitzer-Gemütern zur Folge hatte. Felix hieb Antraxa das Ende des Führstrickes seitlich über die Flanke, während ich, weitere Mißhandlungen planend, die lange Dressurgerte aus dem Kofferraum holte.

In diesem Moment schritt Gott sei Dank ein kleinerer, etwas vierschrötiger Mann zur Rettung von Antraxas körperlicher und seelischer Unversehrtheit ein. Es war der Besitzer zweier braver Haflinger, erster Fahrmeister unseres kleinen Vereins in der Disziplin Zweieranspannung. Allerdings war er der einzige Kutschfahrer, den wir hatten, muß dazu gesagt werden.

„Na das ist ja unerhört! Das arme Tier – aber manche Leute lernen es ja wohl niemals! Ich zeig Ihnen, wie man in aller Ruhe und ohne Grausamkeit so ein armes Tier verlädt!" rief er zornbebend und schlang zu unserer Verblüffung blitzschnell, ohne daß wir Zeit zum Reagieren gehabt hätten und ohne uns – selbstredend – zu fragen, ein Longenende um die Verschlußösen unseres Hängers. Wieselflink rannte er dann mit der so befestigten Leine um Antraxa herum und zog sie oberhalb der Sprunggelenke des Pferdes an.

Antraxa blieb einen Augenblick – immer noch mit der Hinterhand wedelnd – stehen, bevor sie ihre Giraffenhaltung aufgab und zwei Schritte auf die Hängerklappe tat. Als jedoch ihre Vorderhufe planparallelen Halt im Anhänger selbst gefunden hatte, verharrte sie, abermals ein wenig kruppenschwenkend.

„Komm, gutes Pferd, brav, noch ein bißchen", murmelte der ebenfalls auf der Klappe stehende Mann beschwörend, immer noch empörte Seitenblicke zu uns beiden Tierquälern werfend – als Antraxa einen winzigen Satz machte und dann eine geradezu klassische Kapriole vollführte. Beide Hinterbeine feuerte sie waagerecht nach hinten in Richtung des Mannes aus, seinen Kopf nur um Millimeter verfehlend. Die straff gehaltene Longe zerriß dabei wie ein schwacher Faden – während Antraxa wieder anmutig und ruhig auf ihrem Hinterteil hin- und herschaukelte.

Die Gesichtsfarbe des Mannes wechselte zuerst in sehr weiß und dann in dunkelrot. Hastig zog er seine zerrissene Leine an sich und strebte wieselflink hinweg von Antraxas gefährlichen Hinterbeinen und der Hängerklappe.
„Verrückte, hysterische Großpferde, nicht ganz normal ...", murmelte er im Davoneilen.
Felix und ich schauten uns zunächst perplex, dann immer breiter, hämischer und schadenfreudiger grinsend an. Ich löste das noch festgezurrte Fragment der Longe, und Felix rief: „Hier, Ihr Longenende! Sie haben noch etwas vergessen!"
Aber der Mann hatte wohl Wichtigeres zu tun. Er reagierte nicht auf unsere Rufe. Er war gar nicht mehr zu sehen.
Kein Zweifel, wir hätten beide jetzt dringend in eine Zitrone beißen müssen, um das selige Lächeln aus unseren Gesichtern zu entfernen. Am liebsten wären wir Antraxa um den Hals gefallen und hätten sie geküßt, die Gute, die schon längst wieder hinterm Hänger stand und selbstbewußte Giraffe mimte. Stolz tätschelten wir ihr Hals und Kruppe, bevor ich unmißverständlich die Gerte surren und ein-, sogar zweimal energisch auf ihrer glänzenden Kruppe herniedersausen ließ. Antraxa gab daraufhin die Idee, sich heute nicht verladen zu lassen, fürs erste auf und marschierte – als wäre gar nichts gewesen – jetzt fast von allein die Klappe hinauf und ins Wageninnere. Gierig stürzte sie sich auf das von Flieder schon halbleer gefressene Heunetz, während Felix die Hinterstange einschob.

Verzweifelt wischte sich mein Chef, der Reitlehrer, den Schweiß von der Stirn. Ob es wohl jemals gelingen würde, den schönen Schimmel dazu zu bringen, auf den Anhänger zu gehen?
Langsam wurde es dunkel, schon seit fast drei Stunden versuchten wir – inzwischen auf eine Gruppe von mindestens zehn Helfern angewachsen (nicht gerechnet die sicherlich doppelte Anzahl Schaulustiger) –, das Pferd zu verladen. Ein hoffnungsloser Fall. Kein Futter, kein gutes Zureden, kein Führpferd brachten Erfolg.

Zwei der zuvor um die Hinterhand geschlungenen Longen lagen zerrissen auf der Seite, keine Hiebe, kein Anschreien, keine Bremse auf der Nase verhinderten, daß das Pferd immer wieder im letzten Moment zurücksprang oder sich rückwärts fallen ließ. Der Versuch, ihm einen Sack über den Kopf zu ziehen, führte nur zu noch mehr Panik, als das nun blinde Pferd mit den Hufen die Hängerklappe berührte. Verzweifelt warf es sich rückwärts und fiel drehend in die Gruppe Menschen. Glücklicherweise trug niemand etwas Schlimmeres als blaue Flecken davon. Auch der Schimmel war bis jetzt – wie durch ein Wunder – noch unversehrt.

Uns fiel inzwischen nichts Besseres mehr ein, als es ein ums andere Mal wieder zu versuchen. Dabei war es ein so teueres Pferd. Es sollte zu seinem neuen Besitzer nach Luxemburg gefahren werden.

Aufmerksam betrachtete ich seine elegante Gestalt, die milchige, fast ätherische Farbe. Dazu diese seltsam klugen und sanften Augen, die eigentlich genau das Anzeichen für ein verrücktes Pferd sein sollen – was sich jetzt zu bestätigen schien. Die Augen des Schimmels wirkten wie ein schönes, sehr großes, aber menschliches Augenpaar. Sie zeigten eine wunderbar gleichmäßig dunkelbraune Iris, die jedoch kleiner war als normal bei Pferden. Sie lag in einem schneeweißen Augapfel. Und das nicht nur, wenn – wie jetzt – die Augen weit aufgerissen waren in Panik und Angst.

Wieder setzten wir mit gemeinsamen Kräften an. Ich führte, von rechts und links flankierten zwei Helfer, von hinten hielt jemand die Peitsche bereit, um im rechten Moment einen Hieb zu versetzen, der das Pferd nach vorn in den Hänger springen ließ, falls es zögerte. Natürlich zögerte es, die Peitsche sauste, das Pferd riß zurück und sprang, wieder beide Vorderbeine zur Pesade anhebend, seitlich rückwärts von der Hängerklappe.

„Heej da, was machtn ihr da fürn Blödsinn, wohl keine Ahnung von Pferden, wa?“ nuschelte – unüberhörbar vollkommen besoffen – ein vorübertorkelnder Passant.

Gequält und gereizt preßten wir alle in gleicher Weise die Lippen zusammen und stierten aggressiv in Richtung des Trunkenboldes.

„Hah, glaubter wohl nich, wa, daß er keene Ahnung habt, wa? Da hätteta mich mal früher sehn müssen, damals, Kavallerie – hicks – Tschulliung. Was isn das fürn Gaul, zeigter mal her, klasse Hannoveranerhengst was, seh ich gleich." (Zur Information – es handelte sich um einen polnischen Wallach.)

Unsere Gesichter schauten bei dem Reizwort „Kavallerie" keineswegs erfreuter aus. Diese ewigen alten Besserwisser, die uns fast täglich irgendwo nervten, weil sie ihre vergangenen Zeiten nicht vergessen konnten. Was hieß auch schon „Kavallerie"? Wahrscheinlich hatten sie mal irgendwo das Halfter eines Zugpferdes halten dürfen.

Aber trotzdem, wir waren zu erschöpft, um mit diesem Alkoholiker eine Diskussion anzufangen, deshalb standen wir nur ruhig da und warteten, bis er seinen geschlängelten Gang fortsetzen würde. Zu unserer Erbitterung jedoch kam er zu uns und baute sich neben dem Schimmel auf.

„Wirglich 'n schöner Kerl", nuschelte der Mann und hob erstmal die mitgebrachte Flasche an seinen Hals, dann drehte er sich um und suchte eine Stelle, wo er die nun fast leere Flasche deponieren könnte. Doch da war keine Möglichkeit. Deshalb verstaute er sie umständlich in seiner linken Jackentasche, wobei er gefährlich hin und her schwankte. Beinahe hätte er ganz die Balance verloren, doch gerade noch rechtzeitig griff er haltsuchend an den Nasenriemen und klammerte sich am erschöpft gesenkten Kopf des Pferdes fest.

„Isn guter Kerl, haich ja gleich jesacht", nuschelte der Kavallerist, um dann laut aufzugrölen: „Nu werd ich euch zeigen, wie wir das früher gemacht ham, mit som Gaul muschma nämlich umjehn könn!" und wieder leiser: „Ham heutzutache keine Ahnung nich." Sprachs und fand den Halfterstrick, dessen Ende ich lose in der Hand hielt.

„Gibn mir ma her."

Was sollte schon geschehen, außer daß der Schimmel einmal mehr zurückreißen würde. Gleichgültig überließ ich dem besoffenen Kerl die Leine.
„Nu komm schon, Guter", sprach er und hielt sich, immer wieder Balance suchend, mit beiden Händen am Strick fest, während er auf die Hängerklappe torkelte. Fast kippte er seitlich wieder herunter, hätte der Schimmel nicht mit dem Kopf den Strick straffgehalten. Doch das Pferd schaute mit seinen merkwürdig verständigen Augen ruhig auf den Mann. Dann setzte es sich in Bewegung und folgte in aller Ruhe dem torkelnden Trunkenbold auf die Verladefläche, während der Mann mal gegen die Trennwand, mal gegen die Schulter des Pferdes fiel, wenn er nicht gerade erbärmlich am Strick und damit am Kopf des Pferdes hing.
Wir wagten nicht einmal, unsere Gesichter zu verziehen. Auf Zehenspitzen schlich ich um den Hänger herum zum Vorderausstieg, nahm dem Säufer den Strick aus der Hand und schlang ihn um den Anbindering. Unser Chef schob die Trennwand in die Mittellinie, ein Mann steckte die hintere Stange ein, und zwei Helfer hoben und schlossen die Klappe.
Der „Kavallerist" wurde gerade noch aufgefangen, als er aus dem Vordereinstieg fiel. Sorgfältig stellten zwei Männer ihn auf seine schwankenden Füße. Einer putzte ihm etwas Stroh vom Hemd, ein anderer reichte ihm seine Mütze, während ein dritter ihm zeigte, wo er in seiner Jackentasche seine Flasche verloren hatte.
„Macht alles nischt, alles inordnunn, Flasche beina leer wa? Wister was, habt alle keine Ahnung von Pferden, aber wir damals, bei der Kavallerie ...!" Schon torkelte er, seine Flasche vor sich her wedelnd und schwingend und laut schwadronierend, die Straße lang und davon. Das Pferd und wir waren längst wieder aus dem Bewußtsein seines vernebelten Gehirns verschwunden.

Die Prüfung

Was machte es schon noch, daß ich meine Reitkappe vergessen hatte. Eigentlich könnte ich jetzt nach Hause fahren oder im Bett liegenbleiben. Meine Chancen, die Prüfung zu bestehen, waren gleich Null. Und dafür hatte ich so viel Geld ausgegeben, alle Kurs- und Prüfungsgebühren trug ich selbst.
Und nun das: Zu Beginn des Lehrgangs wurde mir ein vierjähriger Fuchs zugeteilt, um den mich keiner beneidete. Löwenherz, ein fröhlicher Bursche, der gern bockte und ungern sprang. Zu aller Verblüffung ging er mit mir aber ohne Schwierigkeiten. Drei Wochen lang gab es keine Probleme. Alles war klar – oder sollte es zumindest sein.
Heute war Prüfungstag, und heute morgen wurde mir und Rita mitgeteilt, daß wir sowohl im Springen als auch in der Dressur nicht die gewohnten Kurspferde reiten könnten. Rita sei zu unsicher. Für sie wäre Löwenherz genau richtig in beiden Disziplinen, denn er ginge ja unproblematisch. Für mich habe man eigentlich nur noch die zwei Reitaraber übrig, Wotan für die Dressur und Donkosak fürs Springen.
Wotan war ein typischer Araber. Sein krampfiger Rücken und sein Unwille, sich in perfekter Reithaltung an den Zügel zu stellen, ließen meine Aussichten auf eine gute Dressurnote schrumpfen, doch würde ich ihn eben „unehrlich“ vorstellen. Was sonst blieb mir übrig – aber Donkosak?
Donkosak blieb während jeder Springstunde im Stall, weil er notorisch verweigerte. Niemand hatte ihn bisher durch einen ganzen Parcours gebracht. Gewöhnlich schied er mit seinem Reiter nach dreimaligem Verweigern aus.
Irritiert lauschte ich dem Kursleiter. Ich müßte kollegial und verständnisvoll sein. Rita sei doch bereits zweimal durch die Prüfung gefallen. Ein drittes Versagen bedeute nun einmal das Aus für sie.
Ja, aber ob das gut war? Gab man einem Rennfahrer am Renntag plötzlich ein Auto ganz anderen Typs? Oder einem

Skifahrer zum Wettbewerb im letzten Moment ganz ungewohnte Skier? War das nicht eher riskant?
Rita und ich, wir waren die einzigen Frauen von sechzehn Kursteilnehmern. Warum mußten gerade wir tauschen? Warum bekam Rita – wenn es denn ihretwegen sein mußte – nicht eines der Pferde der männlichen Teilnehmer?
„Weil Löwenherz jetzt so verläßlich geht", bekam ich zur Antwort. Sollte das vielleicht ausnahmsweise einmal ein Kompliment sein? Bisher war ich auf Kursen und Prüfungen nicht gerade mit Schmeicheleien verwöhnt worden – eher im Gegenteil.
Nicht, daß ich meine Schwächen nicht sehen konnte. Aber mitunter wußte ich: Das ist jetzt wirklich gut. Jetzt geht das Pferd schwungvoll, ich spüre seinen schwingenden Rücken, seine kräftig untertretenden Hinterbeine ... wenn mich auch schon derbe Kritik aus meinem Glücksgefühl herausriß: „Wollen Sie das arme Pferd zuschanden reiten, parieren Sie, etwas mehr Versammlung, bitte!", falls es denn so höflich gesagt wurde. Und das, nachdem in den Tagen zuvor keine Möglichkeit ausgelassen wurde, mir zu sagen, daß ich nicht einmal dieses „Kinderreitpferd" schwungvoll vorstellen könnte.
Oder jemand sprang ein bockendes Pferd durch einen Parcours und bekam viel Lob. Anschließend sprang ich das bokkende Pferd und bekam viel Tadel, weil das Pferd bockte und ich unfähig war, das zu verhindern.

Frauen bekamen immer die kleinen, typisch arabischen, angeblich einfachen Pferde zugeteilt, aber gerade die sind eben besonders schwierig, weil sie sich weniger für unsere abendländische Dressur eignen – oder die ganz alten, angeblich ruhigen und erfahrenen Pferde. Bloß waren die besonderes krampfig, oft auch verschlissen und steif; immer aber sehr abgestumpft gegen feinere Hilfen. Sie mußten stets mit aller Kraft getrieben und durchgehalten werden, ansonsten latschten sie ausdruckslos und steif durch die Lektionen und brachten ih-

ren Reitern nur den Ruf ein, ein Pferd nicht richtig „anpacken“ zu können. Ein relativ junges, munteres Pferd läßt sich viel schwungvoller vorstellen.
Schonte man uns Frauen also wirklich, oder wurde nicht das genaue Gegenteil erreicht? Wobei die Landesreitschullehrer niemals mit zynischen Bemerkungen über unsere weibliche Unfähigkeit sparten – es sei denn, die Reiterin wäre eine „von und zu“ oder die Enkelin irgendeines Reitergenerals und somit aus besserem Stall als wir gewöhnlichen Frauen aus den unteren Bevölkerungsschichten. Die herzerfrischende Unbefangenheit der Kinder des Geld- und anderen Adels hätte ich selbst gern besessen. Ich gebe zu, sie wirken viel sympathischer als solch ernsthafte, immer ein wenig sorgenvolle Typen wie ich zum Beispiel. Mich jedenfalls mochten die Herren Reitlehrer gewöhnlich von Anfang an nicht.
Heute bekam ich merkwürdigerweise ein Kompliment – oder eher – ein halbes. Oder war schon vergessen, daß Löwenherz noch vor drei Wochen als besonders schwierig vor allem beim Springen galt?
Sollte ich jetzt protestieren? Mich als unkollegial erweisen? Das hätte mir sicherlich nichts genützt, wohl aber geschadet. Resignierend ergab ich mich in mein Schicksal. Gleichgültig nahm ich von der Bürogehilfin eine Leihkappe entgegen. Natürlich war sie zu groß; ich brauchte normalerweise eine Kinderkappe.
„Stopfen Sie sich etwas dazwischen“, riet die junge Sekretärin mir, und ich nickte, ein dankbares Lächeln andeutend, obwohl mir nicht nach Lächeln zumute war.
Nicht nur, daß ich wieder einmal vom Verein aus nicht zum Kurs gemeldet worden war, weil ich ja noch kein Jahr Mitglied sei und zwei der eigenen „Jungs“ erst einmal dran wären. Die „Jungs“ wurden dann doch nicht geschickt, aber ich mußte alles aus eigener Tasche bezahlen. Drei Wochen Lehrgang plus Unterbringung plus Prüfungsgebühren. Das war kein Pappenstiel. Um diese Prüfung überhaupt machen zu können, hatte ich meine Stelle als Bereiterin aufgeben müssen, weil ich

mit dem Verdienst niemals soviel Geld zusammen bekommen hätte. Als kleine Büroangestellte verdiente ich etwas mehr – bloß leider fehlte mir dann wiederum das regelmäßige Training.

Aber ich hatte es gewagt – und nun das.

Meine schriftliche Arbeit war nicht schlecht, Longieren konnte ich schon immer recht gut, doch jetzt kam das Prüfungsfach: „Unterrichten!" Gewöhnlich wurde meine Stimme bemängelt. Ich brüllte nicht laut genug. Die Kommandos kannte ich jedoch aus dem Effeff.

Rita quälte sich auf Löwenherz herum. Sie brachte keinen Zentner und lediglich hundertfünfzig Zentimeter Größe in den Sattel. Löwenherz fühlte kaum, daß da jemand etwas von ihm wollte.

„Nun sagen Sie ihr doch, daß sie das Pferd anpacken soll!" raunzte mich der Prüfer an.

Ich hatte es bereits gesagt, nur wußte ich auch, daß Rita nicht in der Lage war, irgend etwas davon auszuführen. Sie kannte Löwenherz ja gar nicht und bemühte sich, nichts falsch zu machen. Was, wenn sie Löwenherz wieder zum Bocken animierte? Sie war nicht imstande, ihn wirkungsvoll zu kontrollieren. Schließlich wußte auch sie, worum es ging. Wenn sie ihn nicht versammelte, dann, weil sie es nicht konnte. Sollte ich ihr das etwa sagen?

Das war eine ganz gemeine Aufgabe, uns während der Prüfung gegenseitig kritisieren zu lassen. Je mehr ich Rita drannahm, umso aufmerksamer wurden die Prüfer auf ihr Unvermögen. Achselzuckend akzeptierte ich nun auch eine schlechte Note im Unterrichten.

Dann ritt ich Wotan draußen ab. Ein steifes Pferd mit harten, stoßenden Gängen. Kein Schwung, keine Durchlässigkeit.

Vom Sattel aus reichte ich ihm eine gute Handvoll Würfelzucker. Gierig kaute er, sein Speichel schäumte weiß seitlich aus dem Maul, während ich in die Dressurbahn einritt. Schaum am Pferdemaul wird günstig beurteilt, weil es auf gedehnte Ganaschen und gelöste Kautätigkeit hinweist. Das

Pferd steht am Zügel, ist durchlässig für die Hilfen des Reiters – oder hat eben eine Handvoll Zucker gefressen. Ich zog Wotans Kopf gewaltsam in die geforderte Reithaltung und gab mit aller Kraft die entsprechenden Schenkelhilfen.
Praktisch bremste ich ihn vorn und gab von hinten Gas. Damit täuschte ich Beizäumung und Versammlung vor. Aber mehr war in der kurzen Zeit mit Wotan nicht zu erreichen. Immerhin, er hielt seine Nase senkrecht zum Boden, und das Maul schäumte. Schwung hatten wir keinen, aber wir führten alle Übungen ordnungsgemäß aus. Das nennt man unehrliche Dressurreiterei.
Meine Dressurnote würde mittelmäßig ausfallen. Aber eigentlich spielte das wohl keine Rolle mehr, denn wie sollte ich ein Pferd, das nun einmal nicht sprang, durch einen ganzen Parcours bringen?
Die Springprüfung hatte begonnen. Für mich gab es noch reichlich Zeit bis zum Fiasko, denn Donkosak lief in einer Reitabzeichenprüfung für Jugendliche in der Dressur. Gelöst werden brauchte er nicht, und allzu viele Probesprünge würden mich nur ermüden und ihm Gelegenheit geben, neue Taktiken zu entwickeln, mich und meine Hilfen auszutricksen.
Deshalb begab ich mich auf die Zuschauertribüne und sah zu, wie Rita mit Löwenherz einritt – meinem Lehrgangspferd, mit dem ich alle Chancen gehabt hätte.
Rita grüßte, galoppierte an und ritt schwunglos auf das erste Hindernis zu, vor dem Löwenherz fast schon gelangweilt stehenblieb. Sie wendete zu einer Volte – o Gott, Rita, viel zu klein, das reicht nicht! – Löwenherz stand ein zweites Mal davor. Wieder lenkte Rita den Fuchs auf das Hindernis zu. Aber Löwenherz hatte das Vertrauen zu seiner Reiterin verloren. Sie half ihm nicht, sagte ihm nicht, wann er springen müßte. Rasch sprang er jetzt zur Seite – und Rita verlor die Balance und fiel herunter. – Aus. Damit war sie durchgefallen. Nicht einmal das erste Hindernis hatte sie bewältigt. Wofür also hatte ich auf Löwenherz verzichten müssen?

Langsam machte ich mich auf den Weg zu Donkosak. Daß ich trotzdem mit stolz erhobenem Haupt in den Parcours eintritt, lag an der verflixten Reitkappe, die sonst nach vorn in die Stirn gerutscht wäre. – Halten, Grüßen.
Dann packte ich beide Zügel fest und zwang den widerstrebenden Donkosak in Galopp und Richtung des ersten Sprungs. Wie schon draußen auf dem Abreitplatz versuchte Donkosak alles, um nicht springen zu müssen. Er strebte – seitwärtsschiebend wie ein Krebs – erst nach rechts, versuchte dann mit plötzlichem Herumwerfen links vorbeizupreschen – doch eisern und unerbittlich steuerte ich gegen, spürte seine Absicht, nun stehenzubleiben, und hieb genau im entscheidenden Moment die Gerte mit aller Kraft über seine Flanke.
Der Schlag war so heftig, daß das Pferd geradezu verblüfft gehorchte und sprang, wenn auch mit allen vieren gleichzeitig wie ein Hubschrauber, und genauso unbequem wieder landete. In gleicher Manier quälten wir uns auf das nächste Hindernis zu und auch das dritte.
Ich leistete Schwerstarbeit. Keinen Augenblick durften die Zügel nachgeben, keinen Augenblick meine Aufmerksamkeit nachlassen.
Weiter, weiter. Seitwärts, Gegenlenken, eiserne Fäuste, Sporenstöße, wenn die Schenkel die Kraft nicht hatten, und immer wieder Schläge auf Flanke und Schulter. Es kam darauf an, sie im genau richtigen Moment einzusetzen, sonst würden sie wirkungslos verpuffen oder zu noch mehr Widersatz anregen.
Stangen polterten und fielen, aber ich schaute mich nicht um, dazu hatte ich auch gar keine Zeit. Etwas in mir registrierte: „Ich schaffe es! Ich schaffe es tatsächlich, dieses unmögliche Pferd von Sprung zu Sprung zu bringen."
Natürlich war unser Stil fürchterlich, aber anders war es nicht machbar.
Etwa beim vorletzten Hindernis rutschte mir die zu große Kappe endgültig auf die Nase. Einen Augenblick lang wurde

es Nacht um mich, und Donkosak nutzte seine Chance. Im starken Galopp preschte er am Hindernis vorbei.

Zornig schleuderte ich das dämliche Reitrequisit vom Kopf, packte die Zügel erneut und zwang das widerstrebende Pferd auch über die letzten Sprünge.

Schweißgebadet und schwer atmend glitt ich von Donkosaks Rücken. Was nützte es, daß mir die Kursgenossen und Freunde gratulierten und auf die Schulter hieben, weil ich das Unmögliche geschafft und Donkosak durch einen ganzen Parcours gebracht hatte. Meine Prüfungsnote im Springen war eine glatte Fünf – ungenügend. Niemand kann an einem Zeugnis sehen, unter welchen Bedingungen es zustande gekommen ist. Da zählen nur die Noten.

Aber immerhin, ich hatte bestanden, wenn auch mit einem beschämenden Ergebnis. Rita war durchgefallen – zum letzten Mal. Für sie gab es keine Chance mehr. Dabei wollte sie in ihrem Verein nur in ehrenamtlicher Arbeit Kinder unterrichten, hatte von Voltigiergruppen und vielleicht Behindertenreiten geträumt.

Am liebsten hätte ich ihr jetzt mein Zeugnis gegeben. Damit sie wenigstens eines hätte. Mit diesem Zeugnis würde ich bestimmt keine gutbezahlte Stelle bekommen. Besser kein Zeugnis als so eines, während es ihr vielleicht nützen könnte.

„Laß man", meinte Rita, „ich komm schon drüber weg. Wenigstens brauchte ich die Kursgebühren nicht bezahlen. Aber sag mal selbst, kannst du irgendeinen Sinn in dieser Pferdetauscherei sehen? Gut, ich reite nicht so gut wie du. Aber mit Wotan ist ohnehin kein Blumentopf zu gewinnen. Meinst du, ich hätte damit soviel schlechter abgeschnitten als du?"

„Mit Sicherheit nicht", antwortete ich nachdenklich, „eine Handvoll Zucker hättest auch du ihm ins Maul schieben können, und was er bei dir an Versammlung vermissen ließe, würde er mit etwas mehr Gelöstheit ausgeglichen haben."

„Genau, und sicherlich war ich im Springen gefährdet, aber mit Holunder wäre ich wahrscheinlich doch durch den Parcours gekommen – o.k. bei Pech mit einem, sogar zwei Ver-

weigerern und mit ganz viel Pech eben auch dreien. Doch eine Chance hatte ich durchaus, während mit Löwenherz ...? Natürlich sieht es jetzt so aus, als wäre ich eben vollkommen unfähig, aber in Wahrheit hat Löwenherz sich heute nicht anders verhalten als vor drei Wochen zu Beginn des Kurses. Du hast es vielleicht nicht mitgekriegt, denn du kamst einen halben Tag zu spät hier an. Löwenherz sollte nur einmal zum Test mit dir ausprobiert werden. Er warf dauernd Leute herunter und sprang allenfalls zufällig mal über ein Hindernis – genauso, wie er sich heute mit mir verhalten hat. Lothar hat es sogar ausprobiert, weil ihn der große Fuchs reizte, aber die elende Verweigerei hat ihn gleich entnervt."
Lothar war übrigens adlig, dazu Sohn eines Generals und bei Reitlehrern und Prüfern hier überaus beliebt. Der Neid mußte ihm allerdings lassen, daß er sehr gut ritt und eine ausgesprochen elegante Reiterfigur hatte. Nett war er außerdem auch. Aber Rita bekam stets einen etwas gereizten Ton, wenn sie von ihm sprach. „Er gilt als der beste Reiter unseres Kurses", fuhr sie jetzt fort, „aber er schaffte es nicht. Du warst der letzte Versuch mit Löwenherz. Daß es dann mit dir klappte, hatte nichts mit spontaner Sympathie zwischen Pferd und Reiter zu tun, sondern einfach mit Können. Charlotte, du reitest sehr gut, aber ich glaube, man wird dich nie anerkennen, eben weil du *zu* gut bist. Das ärgert die Herren. Eher würden sie mir eine Chance geben als dir – was sie ja auch heute versucht haben. Bei mir haben sie das Gefühl, Kavaliere sein zu können, während du ihnen diese Illusion nicht läßt."
„Vielleicht hast du recht, obwohl ich nicht so super bin, wie du jetzt meinst. Ich habe selbst Augen im Kopf und – wie du eben gesagt hast – jahrelange Erfahrung im Umgang mit Pferden und Reitern. Da kann ich auch sehen, ob jemand besser reitet als ich, und die Jungs packen es einfach oftmals besser."
„Na und? Woran liegt das denn?" Rita schrie beinahe vor Empörung. „Wer reitet denn die tollen Cracks, wer wird denn permanent gefördert? Und andererseits: Wer putzt die Pferde, wer mistet aus, wer fegt die Stallgasse, wer macht die ganze

harte Dreckarbeit? Und wen schmerzt dann das Kreuz, wenn er – vielmehr sie – sich endlich auch mal auf das allerletzte Schulpferd setzen darf, das dann nicht geht, weil es noch niemals gut gegangen ist. Meinst du vielleicht, Lothar hätte heute auf Wotan eine bessere Figur gemacht als du?"

„Komm, Rita, reg dich ab, du hast zwar recht, aber es hilft uns nichts. Es kommt dabei heraus, daß die Kerle durchschnittlich besser sind als wir, egal woran es letztendlich liegt."

„Hah!" Rita spuckte vor Empörung beinahe aus. „Zunächst einmal: Wofür brauche ich denn dieses tolle Können? Um später Kindern beim Reiten die Nase abzuputzen? Glaubst du übrigens, ich wollte die Kleinen in diesem Kasernenton drillen, wie wir es immer noch hinnehmen müssen? Und denkst du, gutes Unterrichten hätte etwas damit zu tun, so laut und viel wie möglich zu brüllen und zu demoralisieren? Oder denkst du, ich würde besser unterrichten, wenn ich Löwenherz heute durch den Parcours geboxt hätte? Sind das nicht zumindest zwei Paar Schuhe? Ich bin klein und werde deshalb riesige Pferde niemals richtig packen können. Aber heißt das, daß ich deshalb keine Ahnung von Pferden habe? Könnte man nicht übrigens auch handlichere Pferde züchten? Oh – wenn ich darüber nachdenke, kommt mir mehr und mehr die Galle hoch. Denkst du denn, der lange Lothar würde eine besonders günstige Figur auf Donkosak machen? Der könnte doch gleich mitlaufen, und beim Springen würde er mit den eigenen Füßen die Stangen herunterschmeißen, die Donkosak nicht erwischen konnte. Aber da sagt keiner, daß er nicht jedes Pferd reiten kann und sich nicht für alle Pferde eignet. Nur umgekehrt läuft das. Weil die da oben die Regeln aufstellen, an denen wir uns dann messen lassen müssen. Nach dem Motto: Braun ist die beste Farbe, alle, die nicht braun sind, sind minderwertig. Und ich sage braun, weil ich damit etwas Bestimmtes meine, etwas Totalitäres. In den Köpfen unserer Reitoberen ist die Demokratie nämlich noch längst nicht angekommen."

Ritas Heftigkeit erschreckte mich jetzt wirklich. Und doch – hatte ich nicht im geheimsten Winkel meines Herzens die gleichen Gedanken dazu? War mir nicht der ewige Kasernenton verhaßt? Hatte sie nicht recht, wenn sie sagte, daß wir selbst schon viele Jahre mit Pferden und Reitern arbeiteten? Konnten wir da nicht wenigstens ein Mitspracherecht haben über uns und unsere Kursteilnehmer? Warum bekamen wir von oben herab Pferde zugeteilt ohne Möglichkeit, uns dazu zu äußern? Warum beurteilten uns wildfremde Prüfer, die – wie in dieser Prüfung – weder die Reiter noch die Pferde kannten?
Bilder schossen durch mein Hirn von Situationen, in denen wir Kursteilnehmer am Urteil des Kursleiters oder gar des Prüfers zumindest zweifelten. Warum konnten wir kein Veto einlegen?
Es war nicht erlaubt, beispielsweise zu sagen: „Aber der XY reitet unserer Meinung nach gar nicht so übel." Damit würden wir uns selbst schlechte Noten in der Beurteilung holen.
„Weißt du", unterbrach Rita meine Überlegungen, als könne sie Gedanken lesen, „das kommt daher, daß sich die da oben wie Götter fühlen und aufführen. Götter haben immer recht und wissen alles. Wir gewöhnlichen Sterblichen dagegen müssen unseren Mund halten, denn wenn wir einmal anderer Meinung sind, liegt das daran, daß wir die Sache angeblich eben nicht richtig sehen können. Bloß leider bin ich eine Ketzerin und glaube nicht an die Unfehlbarkeit von Göttern."
„Komm, Rita", sagte ich aufmunternd, „du hast recht, aber wir sitzen nun einmal am kürzeren Hebel. Ich fahre erst morgen früh nach Hause, wir können zumindest auf unser ewiges Verlierertum anstoßen. Wir Letztplazierten, Unter-fernerliefen – buchstäblich Zu-kurz-Gekommenen. Hier haben sie nämlich eine ganz fantastische Spätlese. Die laß uns mal ganz unweiblich genießen. Schlechter kann der Eindruck, den wir machen, ohnehin kaum werden. Frauen, die Hosen tragen, Pferde reiten, ketzerische Ideen haben und auch noch Alkohol trinken – pfui –, was kann man da schon erwarten?"

Rita lachte hell auf, und gemeinsam machten wir uns auf den Weg zur nahegelegenen Gaststätte.

Immerhin, die Prüfung hatte ich bestanden, auch wenn ich mein Zeugnis bis heute nicht gern vorzeige. Aber mit ihm war es mir möglich, anschließend in dem großen Verkaufs- und Schulstall bei Maiström eine etwas besser bezahlte Bereiterstelle zu finden. Über zwei Jahre arbeitete ich dort, bevor ich - mehr als ernüchtert - der Berufsreiterei endgültig den Rücken zukehrte und mich nur noch nebenberuflich mit Pferden beschäftigte.

Berufsreiterleben

Da war zum Beispiel die Geschichte mit der kleinen Schimmelstute. Ein Fall wie etliche andere, die ich erlebte: Mager, struppig, häßlich und kuhhessig stand sie im Ständer. Weil sie so klein war, bekam ich sie wegen meines Fliegengewichts zugeteilt.

Zunächst mochte ich sie gar nicht, denn ihre Nüstern hatte sie angewidert gekräuselt, ihr Kinn war wütend verkniffen, und die Ohren lagen am Kopf. Noch dazu hielt sie ein Hinterbein in der typischen Schonstellung und wedelte damit, wenn jemand den Ständer betrat.

Kurz longierte ich sie und setzte mich dann, einer Eingebung folgend, gleich auf ihren Rücken. Sie ließ es geschehen. War vielleicht sogar schon angeritten. Und nun zeigte sich, daß dieses mißliebige Pferdchen einen Reiter vollkommen ehrlich trug und sich aufs willigste bemühte, allen Anweisungen zu folgen.

Beeindruckt stieg ich gleich nach dem ersten Mal von ihrem Rücken und hielt ihr zur Belohnung einen Apfel hin. Aber diese Stute, die ich Bambina nannte, hatte in ihren sechs Lebensjahren noch nie etwas Gutes von Menschen erfahren. Sie wollte den Apfel unbedingt haben, wußte aber nicht, daß er ihr zugedacht war. Blitzschnell zuckten ihre Augen zwischen mir und dem Apfel hin und her. Dann legte sie die Ohren an, stieß den Kopf blitzschnell vor und biß nach dem Apfel – und damit in meine Hand. Es gelang mir, meine Finger rechtzeitig und ungebrochen aus ihrem Maul zu ziehen, aber mit erheblichen Quetschungen.

Normalerweise reagierte ich mit unbeherrschter Wut auf Schmerzen, aber diesmal riß ich mich zusammen. Dieses Pferd durfte jetzt auf keinen Fall bestraft werden, wenn es jemals Vertrauen bekommen sollte. Und daß sie das einzige Pferd war und geblieben ist, das nach mir trat und mich traf,

habe ich ihr auch verziehen. Sie war meiner Meinung nach im Grunde gutmütig und ehrlich.
Die Fortschritte, die sie im Reiten in kürzester Zeit machte, waren unbeschreiblich. In drei Wochen ging sie vorwärts, seitwärts, rückwärts, und ihr Mitteltrab war trotz ihrer Kuhhessigkeit einfach überwältigend. Sie begriff eben, worauf es ankam.
Nach ein paar kleinen Probesprüngen nahm ich schließlich mit ihr an einer Springstunde teil. Mutig und in wunderschöner Manier übersprang sie ein Hindernis von ein und einem halben Meter. Ich hätte in Dressur und Springen auf Turnieren mit ihr siegen können – und das nach vielleicht drei Wochen Reiten.
Tags darauf teilte Maiström (der Chef) sie im Schulbetrieb ein. Er setzte eine Anfängerin auf ihren Rücken. Ich durfte sie nicht mehr reiten.
Oh – arme Bambina! Ein Reitanfänger kann ja nichts dafür. Er muß zwangsläufig dem Pferd im Trab in den Rücken fallen und dabei jedesmal am Zügel reißen, an dem er sich oftmals ohnehin festhält.
Aber Bambina hatte gelernt, auf die kleinste Hilfe willig zu reagieren. Nun wurde sie dafür bestraft, denn jede Reaktion war falsch. Ein Anfängerpferd muß lernen, die Schmerzen in Maul und Rücken zu ertragen und die Stöße und Maulrisse als Hilfen zu ignorieren. Deshalb setzt ein erfahrener Reitlehrer auf ein junges, gerade angerittenes Pferd niemals einen Anfänger. Bambina hätte jetzt erst einmal fortgeschrittene Schüler bekommen müssen, die zwar andere Hilfen gegeben hätten als ich, deren Hilfen aber doch eine Bedeutung haben.
Die Maul- und Rückenempfindlichkeit eines Pferdes nimmt im Laufe der Zeit ohnehin ab. Und werden die Reiter mit der Zeit schlechter, so können die Pferde das gewöhnlich wohl hinnehmen. Zwar versuchen sie dann, sich zu drücken, aber ein guter Reiter wird es eben zwischendurch immer wieder korrigieren. So lernt das Pferd schließlich unterscheiden zwischen einem Anfänger, auf dessen „Hilfen“ es besser nicht

reagiert (es horcht dann auf die gegebenen Kommandos), und einem Reiter, der etwas kann und dem es dann willig folgt.
Die empfindliche Bambina aber mußte sich betrogen fühlen. Da bekam sie beigebracht, sich in feinster Reithaltung den Zügel- und Schenkelhilfen hinzugeben, um dann plötzlich von einem Tag auf den anderen gerade in dieser „Reithaltung“ furchtbar malträtiert zu werden.
Natürlich lernte sie, sich dem quälenden Trensengebiß zu entziehen. Sie streckte ihren Kopf vor und hoch, drückte dabei den Rücken nach unten weg, was ihr allerdings noch ärgere Stöße durch das Reitergewicht einbrachte, und trippelte infolge dieser ungünstigen Haltung eilig und verkrampft durch die Bahn. Ich hätte weinen können.
Nach vier Wochen tauchten Interessenten auf. Jetzt bekam ich die Anweisung, sie vorzureiten. Da widersetzte sie sich. Wütend lehnte sie sich gegen meine Aufforderung auf, den Kopf zu senken. Sie wollte nicht noch einmal vertrauen. Jede Schenkelhilfe quittierte sie mit angelegten Ohren.
Uneinig quälten wir uns durch die Lektionen. Dann auch noch ein Hindernis, und Bambina reichte es endgültig: In der Verweigerung stieg sie kerzengerade. Eine Todsünde für ein Reitpferd, und für einen Käufer das Abschreckendste, was passieren kann. Dazu schrie mich Maiström vor allen Leuten in der Halle an: „Wenn Sie nicht reiten können, lassen Sie es doch besser bleiben!“
Oder wie war es mit Pasco, dem kleinen schwarzen Ungarn? Ein besonders liebenswürdiger Geselle. Aber seine Sattellage war durchgehend in Form einer Satteldecke weiß gesprenkelt. Weiße Flecken in Sattel- und Gurtlage bedeuten gewöhnlich ehemalige Quetschungen oder Verletzungen durch das Sattelzeug. Pasco muß einmal furchtbar wundgeritten worden sein. Es wunderte daher nicht, daß er beim Aufsitzen Schwierigkeiten machte. Zwei möglichst kräftige Männer hielten ihn am Kopf, während ein dritter auf der linken Seite mich hochhob, ein vierter mir den rechten Steigbügel reichte und ich die Zügel ergriff.

Jetzt konnte der wild piaffierende Pasco losgelassen werden. Wie ein Rennpferd unter Peitschenhieben im Finish raste er quer durch die Halle, bekam jedesmal gerade noch die Kurve, beruhigte sich nach zwei Runden und war dann ein williges, gelehriges, noch dazu sehr bequemes Reitpferd.
Auch nach zwei Wochen täglichem Reiten führte er dieses Theater auf. Ich versuchte Maiström vorzuschlagen, doch einmal das Aufsitzen so lange hintereinander zu üben, bis Pasco ruhig blieb. Maiström fertigte mich kurz ab, dazu sei keine Zeit, die Sache würde sich schon geben. Allein konnte ich so ein Manöver ja nicht durchführen.
Pascos Verhalten änderte sich auch nach weiteren zwei Wochen nicht. Aber er ging ansonsten ausgesprochen gut. Es wurde besprochen, ihn auf eine Auktion zu bringen.
Am nächsten Abend bekam unser Eleve Peter Order, Pasco zu reiten. Die erforderlichen vier Helfer wurden zu dem Zweck gebeten, Pasco so oft festzuhalten, bis er beim Aufsitzen ruhig blieb. Bereits nach vielleicht zehn Versuchen war ihm sein Spiel langweilig. Beim elften Aufsitzen stand er still. Und Maiström rief mir, die ich gerade eine Longenstunde gab, höhnisch zu: „So macht man das, man hampelt doch nicht so lange mit solchen Marotten herum. Aber um das zu wissen, muß man schon etwas Ahnung von Pferden haben!"

Weil ich so von einem wunderbaren Dunkelfuchs von der Farbe bitterer Schokolade schwärmte, kaufte mein Freund Alwin den erst Dreijährigen. Das Pferd war riesig, aber im Wesen ein gutmütiges Kind. Mein Gewicht belastete ihn überhaupt nicht. Begeistert nahm er nach kurzer Zeit alle Hilfen an. Seine besondere Spezialität waren der Galopp und alle Galopplektionen. Sicher und schwungvoll sprang er aus dem Stand wie gewünscht rechts oder links an und ließ sich ebenso leicht zum Schritt oder Halten durchparieren. Versammelter Galopp und Kontergalopp bereiteten ihm nicht die geringsten Schwierigkeiten. Seine Trabtraversalen waren bereits nach zweimonatiger Ausbildung beeindruckend.

Ich bin mir darüber klar, daß das die Kritik vieler Pferdeausbilder herausfordert. Aber zu meiner Entschuldigung muß ich sagen, daß ich genau das gelernt hatte: einem Pferd in kürzester Zeit die Lektionen beizubringen. Und egal, wie fragwürdig das insgesamt zu bewerten ist – man muß mir lassen, daß ich dazu sehr talentiert war.

Der ganze Reitstall schwärmte von dem Dunkelfuchs, und viele Reitschüler versammelten sich, um mir zuzusehen, wenn ich ihn ritt.

Maiström versuchte daraufhin zunächst, mir soviel Arbeit aufzuhalsen, daß ich nicht mehr zum Reiten kam. Da das nichts nützte, weil ich dieses Pferd notfalls auch um Mitternacht geritten hätte, teilte er den Fuchs eines Abends in der Schulstunde ein. Als Alwin an diesem Abend in den Stall kam, kämpfte ich mit den Tränen.

Ruhig und bedächtig, wie es seine Art war, ging Alwin in die Halle. Es kam zu einem kurzen Wortwechsel zwischen Maiström und ihm, dann führte die Reitschülerin das Pferd wieder in den Stall. Diesmal hatte ich dank Alwins Einschreiten Glück.

Und das war nicht etwa nur seiner Freundschaft zu mir zu verdanken. Alwin nämlich war sehr geschäftstüchtig, weit mehr als sein Bruder Maiström. In Gelddingen leistete er sich mit Sicherheit keine Sentimentalitäten.

Vielleicht zwei Wochen später brachte er deshalb auch Käufer mit, und mein Dunkelfuchs wurde zu einem Preis verkauft, den kein Polenpferd sonst während meiner Zeit in diesem Stall erzielt hat. Dieser Verkauf aber war nicht schmerzlich und kränkend für mich, sondern im Gegenteil ein Erfolgserlebnis. Eines von ganz wenigen allerdings.

Es gab sogar einen Fall, in dem die Käufer sich mit Maiström auseinandersetzten, damit ich ihre gerade gekaufte schöne blonde Bella weiterreiten durfte. Denn so, wie ich sie ritt, hatten auch die Käufer keine Schwierigkeiten mit ihr, während das von Maiström gerittene Superpferd dieser Familie praktisch von ihnen nicht nachreitbar war. Maiström warf mir

vor, ich würde die Stute nicht richtig durchreiten, und überhaupt beruhe meine Reiterei von Bella nur auf ihrer Gutmütigkeit. Mag sein, daß er recht hatte – auf jeden Fall habe ich sie nicht sauer geritten.
Aber warum soll ich ein williges, gutmütiges Pferd hart anfassen, wenn es doch auch ohnedem tut, was ich verlange? Vielleicht nicht mit dem nötigen Schwung. Aber wer sagt denn, daß Bella den überhaupt hatte. Nicht jedes Pferd ist zum Schweben veranlagt.
Klar, daß auch ich Fehler hatte und machte. Sicherlich war nicht alles an meiner Reiterei perfekt. Aber wer ist schon perfekt?
Es schien mir so, als wollte Maiström mich fertigmachen, degradieren und blamieren. Aber der Machtkampf, wenn es denn einer sein sollte, ging nicht von mir aus.
Allerdings mag ich mich nicht unterordnen. Ich bin bereit, einer Anweisung zu folgen, wenn sie mir vernünftig erscheint oder begründet ist. Nicht mehr, aber auch nicht weniger braucht es bei mir für eine gute Zusammenarbeit.

Weihnachten fuhr ich zu meiner Schwester. Als ich zurückkam, brodelte die Reitstallgerüchteküche mir entgegen. Der Polenschimmel, welcher schon einmal von einem Käufer zurückgegeben worden war, habe einer Reitschülerin sämtliche Knochen einer Hand durchgebissen.
„Wie das denn?“ fragte ich. „Wie kam sie denn an den Schimmel?“
„Maiström hat ihn als Schulpferd eingeteilt“, erzählte ein guter Freund. Ich war fassungslos. Wie konnte er das denn tun?
Dieses Pferd war nicht normal. Nachdem der Käufer es vor Weihnachten zurückgebracht hatte, weil er nicht damit zurechtkam, stand es mit rotunterlaufenen Augen im Ständer. Ich hatte bereits das Vergnügen gehabt, es zu putzen.
Betrat jemand den Ständer, mußte er schon recht flott sein, um an seinem gezielt schlagenden Hinterbein vorbeizukommen. Wumm, knallte also der Huf dicht neben mir gegen die

Planken. Rasch sprang ich nach vorn zum Kopf, denn das Pferd ließ sich mit voller Wucht gegen die Wand fallen, um mich einzuquetschen. Vorn angekommen, schaffte ich es gerade noch, einen Daumen aus seinen Schraubstockzähnen herauszuziehen, bevor es ihn amputieren konnte. Was mir wohl nur gelang, weil sie an meinem Daumennagel abgerutscht waren. Eine häßliche Quetschung trug ich trotzdem davon.

Das nächste Mal sollte Peter ihn putzen. Glücklicherweise fegte ich gerade die Stallgasse und war in der Nähe, als ich unseren Lehrling schreien hörte. Der Schimmel hatte ihn am Handgelenk gepackt und sich festgebissen. Während Peter mit dem freien Arm auf den Kopf des Wallachs hieb, schlug ich von hinten mit dem Besenstiel auf die Kruppe. Dann rissen Stücke von Peters stets übereinander getragenen drei Pullovern aus, und er war frei.

Ziemlich bleich verließ er fluchtartig den Stand, während das Pferd immer noch mit wild schlenkernden Bewegungen die Ärmelfetzen zermalmte. Peters Handgelenk sah fürchterlich aus, aber seine Pullover hatten ihn vor Schlimmerem bewahrt.

In der Reitbahn beschwor Maiström bereits einmal fast ein Fiasko herauf, denn der Schimmel war mit einem Reitschüler im Sattel auf ein anderes Pferd aufgesprungen und hatte dabei einem kleinen Mädchen die Hufe ins Kreuz geknallt. Wie durch ein Wunder hat sie es heil überstanden.

Und nun das. – Ich betrat den Stall und sah den Schimmel immer noch im Ständer stehen. Die Augen rotunterlaufen, wütend und schäumend kaute er vor sich hin. Er war nicht normal, was auch immer der Grund dafür war.

Ich sprach Maiström sofort darauf an, fragte, warum er nicht längst den Metzger bestellt habe. Maiström war empört. „Wenn jemand nicht mit Pferden umgehen kann, soll er es bleibenlassen!“ schrie er wütend.

Mir war's egal. Ich erklärte ihm, ich würde den Ständer dieses Pferdes nicht mehr betreten.

„Na, dann macht es eben jemand anderes“, grinste Maiström verächtlich.

Berthold, der Pfleger, und Peter standen neben mir. Der ruhige Berthold kam mir unversehens zur Hilfe. Auch er wolle das Pferd nicht mehr füttern und pflegen, er habe schließlich Familie, erklärte er und trollte sich weg in die andere Stallgasse. Scharf schaute ich Peter an, der vor Aufregung ganz rot wurde und schluckte. Aber er brachte es über sich, stotternd zu erklären, daß er den Schimmel nicht mehr putzen würde.
Wütend schmiß Maiström seine Zigarette auf die Stallgasse und stapfte zur Materialkammer. Energisch steckte er sich Striegel und Kardätsche in die Taschen.
Peter und ich blieben nicht stehen, sondern wandten uns unserer Arbeit zu, putzten in absolutem Schweigen jeder seine Reihe Pferde und bemühten uns, nicht auf die Geräusche und Flüche zu achten, die aus dem Ständer drangen.
Mittags kam der Metzger und holte den Schimmel. Ich hatte mich durchgesetzt.
Warum manche Pferde so durchdrehten, weiß ich nicht, aber es kam öfter vor. Vielleicht waren die ihnen zugemuteten seelischen Strapazen zu groß. Maiström führte Pferde aus dem Ostblock ein. Sie hatten alle einen langen Transport über mehrere Grenzen hinweg hinter sich. Dicht an dicht standen jeweils acht Pferde tagelang in einem verplombten Waggon, ohne Wasser und Futter, während eine unmenschliche Bürokratie das Überleben der Tiere von irgendwelchen Stempeln und Unterschriften abhängig machte. Wir hatten unsere eigene Faustregel. Dauerte ein Transport acht bis zehn Tage, kamen alle acht Pferde lebend an der Zonengrenze an, dauerte er vierzehn Tage, war mindestens eines davon verendet. Es gab Transporte, die schlußendlich gerade fünf oder sechs furchtbar ausgemergelte, fieberkranke, durch Hinfallen, Tritte und Bisse verletzte, und verstörte Pferde über die letzte Grenze hinweg zu uns brachten.
Möglicherweise war aber auch eine Ursache für die seelischen Veränderungen das ihnen anschließend in großen Mengen verabreichte Cortison. Maiström besorgte sich Penicillin und

Cortison aus Belgien und spritzte selbst. Die unentwegt kranken Pferde boten ständig Grund dazu.
Aber löst nicht sehr viel Cortison auch beim Menschen mitunter Depressionen und damit verbundene Persönlichkeitsveränderungen aus?
Manchmal war es regelrecht tragisch. So kam mit einem Transport ein vierjähriger frischkastrierter Fuchs, den ich „das Hengstchen" nannte und sehr liebte. Er war so fröhlich und kindlich. Ich ritt ihn trotz seines etwas zu schwachen Rückens gern, denn er war gelehrig und liebte alle neuen Lektionen. Mit ihm konnte man jeden Unfug wagen. Voller Stolz trug er beispielsweise meine Reitgerte in die Bahn, apportierte überhaupt mit Wonne Gegenstände, zwickte und zwackte auch mit Vergnügen, wenn ich nicht aufpaßte. Aber er verursachte damit höchstens blaue Flecken. Ich nahm ihm das überhaupt nicht übel.
Kaum fing er an, sich ein wenig gut reiten zu lassen, wurde er zu meinem Leidwesen als Schulpferd eingeteilt. Und kurz darauf verkauft.
Vielleicht drei Monate später kam er zurück mit rot unterlaufenen Augen, mager, hustend, lahmend. Er hatte sich angeblich im Arm seines neuen Besitzers regelrecht festgebissen und einen ganzen Muskelstrang herausgerissen. Überhaupt und von Anfang an war der Käufer nicht zurechtgekommen, hatte ihm daher keinen Hafer mehr gegeben und versucht, ihn müde zu arbeiten. Daher die Magerkeit und der Husten.
Aber mein „Hengstchen" war wirklich böse geworden. Um ihn zu satteln und zu führen, mußte auch ich ihm jetzt eine Kette durchs Maul ziehen, denn er versuchte tückisch jeden anzugreifen. Und ein dicker Knüttel war beim Führen vonnöten, von Zeit zu Zeit dazu gedacht, dem angreifenden Pferd vor den Kopf zu schlagen.
Ach, mein Hengstchen. Ich weinte innerlich, wenn ich ihn so sah. Beim Reiten bot er nun ein jämmerliches Bild, denn sein Rücken war noch viel zu weich, um täglich vier Stunden lang schwere Reiter zu tragen. (Ein Trugschluß von Maiström war

der, daß große Pferde sich am besten dazu eignen, auch große, schwere Reiter zu tragen. Aber manch ein Riese ist entweder schmal oder hat einen schwachen Rücken, so daß er sich keineswegs für allzuviel Gewicht eignet. Als Gewichtsträger kann ihm manches Pony überlegen sein.)

Aber es gab auch Pferde, die schon so böse hier ankamen. Einige lernte ich regelrecht hassen.
Tückisch nutzte eines den Moment, in dem ich mich nach dem Wassereimer bückte, um mich mit Wucht in den Kopf zu beißen, ein anderes schlug mir beim Füttern sämtliche Futtereimer in Fetzen, die ich glücklicherweise an mich gedrückt hielt. Ein Huf zischte beim Betreten einer Box dicht an meinem Gesicht vorbei.
Aufpassen, geschickt sein und im richtigen Moment selbst zuschlagen, damit die Tiere merkten, mit wem sie es zu tun hatten, so mußten wir uns verhalten. Sicherlich verloren wir oft das richtige Maß und schlugen auch bei einem gar nicht so bösen Pferd zu, einfach, weil wir nicht die Zeit hatten, es überhaupt richtig einzuschätzen.
Maiström machte mich jetzt absichtlich schlecht. Er demonstrierte, daß er das Sagen hatte und daß ich ohnehin nicht gut reiten könnte. Demonstrativ nahm er mir immer wieder ein Pferd weg und setzte Peter darauf, weil ich angeblich nicht damit klarkäme. Während einer Reitstunde betrat er die Bahn und gab Kommandos, ganz entgegen denen, die ich gegeben hatte. Wütend verließ ich schließlich einmal einfach die Halle und überließ ihm die ganze Reitergruppe.
Schließlich eskalierte eines Abends sein Haß gegen mich in gefährlicher Weise: Nachdem ich eine Gruppe Reitpferde gesattelt und den Reitern zugeteilt hatte, stellte ich mich in die Stallgasse, um die nötigen Ausbindezügel einzuhaken, denn es kam in der Halle sonst stets zu Konfusionen.
Nun kannte ich unsere Schulpferde ganz genau und wußte, daß sie in keiner Weise aufgeregt darauf reagierten, weil wir das ja schon lange so handhabten. Ein Pferd nach dem ande-

ren ließ ich auf die Stallgasse stellen, hakte die schon am Sattelzeug befestigten Hilfszügel ein, richtete sie aus und ließ auch einzeln in die Bahn führen.
Es hatte sich bewährt, während beim Ausbinden in der Halle die dann nebeneinander stehenden Pferde oftmals herumquirlten und auch schon mal gegenseitige Schlägereien anfingen, weil alles zu lange dauerte. Gerade kurz zuvor war ein Reiter auf diese Art und Weise beim Aufsitzen in den Rücken getreten worden vom Nebenpferd. Aber nicht in meiner Stunde, wie ich befriedigt vermerkte. So etwas passierte bei mir nicht, u. a. eben wegen dieser Ausbindepraxis.
Richtig war allerdings, daß Maiström das nicht wünschte. (Sämtliche Reitanleitungen werden ihm recht geben, jedoch denke ich, daß jemand, der Erfahrung hat, auch einmal individuell anders entscheiden kann.)
Eine Anweisung, die ich tatsächlich mißachtete. Kadavergehorsam ist mir trotz allem, was ich erlebt habe, fremd – oder gerade, weil ich so viel erlebt habe.
Unvermittelt nahm Maiström an diesem Abend die schon eingeschnallten Ausbindeschlaufer, riß sie dem Wallach, an dem ich gerade letzte Hand angelegt hatte, herunter und schlug damit auf das Pferd ein – wütend schreiend, daß er das Ausbinden in der Stallgasse nicht dulde.
Das so plötzlich geschlagene Pferd galoppierte panisch los und raste, auf der glatten Stallgasse mehrmals ausrutschend, funkenstiebend allein in die Halle. Seinen Reiter, der es am Kopf gehalten hatte, schleifte es mit und schleuderte ihn gegen die nächste Ecke.
Die anderen Reitschüler standen starr und schauten erschrokken auf uns, den wütenden Chef und mich. Der mitgeschleifte Mann erhob sich langsam, aber glücklicherweise unversehrt.
Da fand auch ich meine Fassung wieder. „Entschuldigen Sie“, sagte ich zu Maiström, „mir geht es heute abend nicht gut, ich habe Kopfschmerzen und gehe jetzt nach Hause.“

Ich zog den Kittel aus und hängte ihn an den Haken im Reitbüro, suchte dann meine Jacke und meine Tasche und verließ den Stall, ohne mich nach irgend jemandem umzusehen.

Am nächsten Vormittag betrat ich zum letzten Mal den Reitstall. Ich reichte meinen gesamten restlichen Urlaub ein und gab gleichzeitig die Kündigung ab. Der Urlaub genügte zur Einhaltung der gesetzlichen Kündigungsfrist. Falls ich noch irgendeinen Zweifel bezüglich meiner Entscheidung hatte, so räumte Anton, der Pferdepfleger des benachbarten Privatstalles, diesen aus. Ich traf ihn im Hinausgehen.
„Machst du schon Feierabend?" rief er erstaunt und schaute auf seine Armbanduhr, „es ist noch nicht einmal elf."
„Nein, aber ich gehe jetzt."
„Was heißt denn das? Wohin gehst du?"
„Nach Hause, ich habe gekündigt, ich komme nicht wieder hierher. Gestern war mein letzter Tag. Ich habe nur meine Papiere abgeholt."
Anton war sechzig Jahre alt, stammte aus Ostpreußen und hatte im Krieg alle Angehörigen verloren. Er war ein Mensch, der ohne viel Worte verstand.
„Hast recht", sagte er, „das hier ist nichts für empfindsame Menschen. Und dazu noch die harte Knochenarbeit. Glaub mir, ich würde am liebsten auch gehen, gleich jetzt, aber wo finde ich denn noch Arbeit. In zwei Jahren gehe ich auf Rente. So lange muß ich noch durchhalten."
„Na hör mal, du hast doch weiß Gott einen ganz erträglichen Job bei den Hoffmanns, du versorgst nur ganze sechs Privatpferde", hielt ich ihm entgegen.
„Fünf, jetzt sind es nur noch fünf, aber dafür muß ich ja auch den Garten machen und repariere alles im Stall und im Haus, von der defekten Wasserleitung bis zur verstopften Toilette."
Langsam waren wir nach draußen geschlendert.
„Komm doch mit in die Reiterbar", wandte sich Anton mir wieder zu, „ich koche uns einen Kaffee, du hast ja jetzt Zeit."

Kurz darauf saßen wir uns gemütlich gegenüber und schaufelten Unmengen Zucker in die Kaffeetassen.
„So, Osiris ist also tot? Du sagtest, es sind nur noch fünf Pferde zu versorgen."
„Richtig, gestern ist er abgeholt worden. Gestern war wohl überhaupt ein schwarzer Tag."
„Es scheint so. Da sind Hoffmanns sicherlich auch traurig und mit den Nerven fertig. Sie haben sich so bemüht um das teure Pferd."
„Die und mit den Nerven fertig, die und traurig?" Der alte Pfleger lachte bei seinen nächsten Worten, aber es war kein fröhliches Lachen. „Die haben gar keine Nerven, und trauern tun die nur um ihr Geld." Jetzt stützte Anton seine Stirn in die Hand, so daß ich seine Augen nicht sehen konnte, und fuhr leiser werdend fort: „Du weißt ja, was er gekostet hat. Vierzigtausend Mark sind wirklich viel Geld. Sie meinten eben, daß sie das Geld für den Hengst über die Deckgebühren wieder hereinbekommen würden. Zum Deckhengst gekört war er ja, und es hatten sich schon einige Stutenbesitzer angemeldet. Mit einer Deckgebühr von achthundert Mark pro Stute und bis zu vierzig Bedeckungen im Jahr haben sie gerechnet – verstehst du? Aber die Rechnung ist nicht aufgegangen. Außerdem sollte Osiris noch Erfolg haben. Er ging ja auch brav beim ersten Turnier, du erinnerst dich? Eigentlich für einen Hengst viel zu brav. Aber da war er wohl schon krank. Und dann ist er nur noch behandelt worden. Tierärzte, Klinik, Spezialisten, Medikamente, und, und, und ... Das ging in die Tausende."
„Das spricht doch aber für Hoffmanns", wandte ich ein, „Turniererfolge konnten sie selbst bei einer ausgeheilten Hufrehe nicht mehr erwarten. Die Hufe sind dann deformiert und bleiben auch immer empfindlich."
„Stimmt, aber sie spekulierten auf die Deckgebühren. Dafür haben sie alles getan und Unmengen bezahlt. Für das Pferd war es nur furchtbar. Glaub mir, Charlotte, seit dem Krieg ist mir nichts mehr so an die Nieren gegangen wie das jetzt mit

Osiris. Ja, richtig, sie haben alles versucht. Viel zuviel. Er sollte orthopädischen Beschlag bekommen, wenn die Entzündung ausgeheilt wäre, aber sie heilte nicht aus. Osiris mochte wegen der Schmerzen nicht mehr stehen."
Antons Stimme klang gepreßt, während er seine Augen weiterhin verdeckt hielt und mit gesenktem Kopf fortfuhr: „Du weißt ja, wenn ein Pferd sich erst einmal hinlegt und länger nicht mehr aufsteht, stirbt es an Verdauungsstörungen. Deshalb mußte ich ihn hochjagen, immer wieder, mit Schlägen, Tritten, verstehst du? Seinen Kopf haben wir mit Stricken und Riemen hochgebunden – wochenlang, damit er sich nicht hinlegen kann. All die Medikamente halfen aber nichts, die Entzündung ging weiter, und die Hufbeine (Knochen im Huf) beider Vorderhufe sind durch die Hufsohle hindurchgebrochen. Mit nichts mehr war Osiris nun zum Aufstehen zu bewegen, er hat sich einfach fallenlassen, egal wie die Stricke in seine Haut geschnitten haben, weil er mit dem ganzen Gewicht daran hing. Gefressen hat er schon länger kaum noch etwas."
„Um Gottes willen, so schlimm stand es um ihn?" rief ich entsetzt, „da habt ihr ihn also an Ort und Stelle erschießen müssen!"
„Das ist es eben, was mich so fertigmacht und weshalb ich den ganzen Krempel hier am liebsten hinschmeißen würde. Denk dir, nachdem sie vierzigtausend Mark Kaufpreis und an die zehntausend Mark an Tierarzt- und Behandlungskosten verloren hatten, war es ihnen zuviel, noch zweitausend mehr zu verlieren. Den Schlachtpreis wollten sie unbedingt kassieren."
(Für ein im Stall getötetes oder verendetes Tier gibt es kein Geld. Es muß statt dessen sogar eine Abhol- und Abdeckergebühr bezahlt werden. Bei Schlachttieren kommt es deshalb darauf an, daß sie noch lebend zum Schlachthof kommen.)
„Wir haben", Antons Stimme wurde sehr leise, „wir mußten ihn – denk dir – *ich* – mußte ihn mit einem elektrischen Schweinetreiber hochjagen. Osiris ist schreiend in den Schlachtwagen gestolpert und darin zusammengebrochen.

Dann nichts wie Klappe zu und weg mit ihm! Es war kein Geld mehr herauszuholen, verstehst du? Da war er auch keine anständige Behandlung mehr wert.
Glaub mir, ich werde wohl nie mehr ruhig schlafen können. Immer noch habe ich das furchtbare Schreien in den Ohren."
(Pferde schreien übrigens sehr selten. Aber wer es einmal gehört hat, vergißt es sein Leben lang nicht wieder.)
Anton bemühte sich nicht mehr, seine geröteten Augenlider vor mir zu verbergen. Er stand auf und holte eine Flasche Weinbrand von einem Regal herunter, um uns einzuschenken. Den Drink hatten wir beide jetzt auch bitter nötig. Dann verabschiedete ich mich für immer von dem alten Pfleger.
Ich verspürte nie wieder das Bedürfnis, auch nur in die Nähe des Reitstalles zu kommen, und alle Kontakte zu den Reiterkollegen und Schülern habe ich abgebrochen.

Sorgen um meine Zukunft machte ich mir nicht. Im Gegenteil. Ich war befreit. Mindestens zwei Jahre zu lange war ich hier geblieben. Mir war klar geworden, daß ich meinen Beruf verfehlt hatte.
Pferde reiten zum Verkauf war nie mein Wunsch gewesen. Daß ein Bereiter hauptsächlich zu diesem Zweck da ist, war mir nicht wirklich bewußt, als ich diesen Beruf ergriff. Ich wählte ihn, weil ich Pferde liebte und weil ich gern gut reiten lernen wollte.
Die letzten zwei Jahre hatte ich hauptsächlich gelernt, wie man auf Pferde einschlägt und mit ihnen herumschreit. Außerdem litt ich an chronischem Hexenschuß und ständig schmerzenden Gelenken, war regelrecht klapperdürr, rappelnervös, fror ständig, rauchte wie ein Schlot und trank zuviel Alkohol.
Was für ein Leben war das denn? Es reichte mir – nie wieder Pferde, nie wieder Berufsreiterei.
Zornig wandte ich diesem und allen anderen Reitställen den Rücken zu.

Mit Flieder im Schneegestöber

Etwas unzufrieden saß ich ab und öffnete die Reithallentür. Flieder hatte keineswegs ihren besten Tag gehabt. Aber es wurde Zeit, nach Hause zu reiten. Heute war der 24. Dezember, und die Uhr zeigte jetzt schon beinahe ein Uhr mittags. Ich sehnte mich nach einer Dusche, gemütlicher Hauskleidung, vielleicht einem kleinen Mittagsschlaf und heißem, süßem, schwarzem Tee.
Doch für den Rückweg würde ich noch mindestens eine halbe Stunde brauchen. Ächzend saß ich wieder auf, in Gedanken von einer Reithalle direkt neben Stall und Wohnung träumend.
Vorsichtig balancierte Flieder am Rande einer riesigen Pfütze im Wald. Früher hatte ich sie oft gezwungen, mitten hindurchzugehen, doch gerade hier auf diesem Weg versank Flieder einmal bis zum Bauch. Sattel und Gurte waren verschmutzt und aufgeweicht und Flieder regelrecht verängstigt gewesen. Sie liebte Wasser ohnehin nicht besonders.
An und für sich war dieser Tag bedeckt und grau, aber gerade jetzt zeigte sich eine blasse winterliche Sonne, die die nassen Straßen aufgleißen ließ, so daß ich unangenehm geblendet war. Dazu fror ich nach der schweißtreibenden Arbeit in der Reithalle.
Die Strecke zurück zu unserem Haus war eigentlich sehr schön, durch Wald, über Wiesenwege, kleine Sträßchen und noch einmal Wald und Wiesen. Aber an diesem Weihnachtstag war ich blind für die Schönheiten der Landschaft.
In Gedanken versunken zog ich meinen Schal fester um den Hals, als es zu allem Überfluß auch noch ganz langsam und sachte zu schneien begann. Brrrh. Einfach scheußlich, dieses Gefühl, wenn Schneeflocken hinten in den Kragen fallen.
Ärgerlich parierte ich immer heftiger, wenn Flieder ihren unangenehmen Eileschritt einlegte. Konnte sie mich nicht in Ruhe auf ihrem Rücken hocken lassen, ohne mich dauernd

penetrant auf sich aufmerksam zu machen? Einem unglückseligen Einfall zufolge hatte ich sie im Herbst für eine Reitjagd verliehen. Seitdem neigte sie vor allem in Richtung Stall zum Pullen.
Langsam wurde das Schneetreiben dichter und meine Laune immer schlechter. Endlich erreichte ich das letzte Stück Waldweg und bückte mich, um heil unter einem durch die Nässe tiefhängenden Ast hindurchzukommen. Flieder nützte aber die Gelegenheit und fiel eilends in Trab, wobei sie auch noch im Schneematsch ausrutschte und beinahe hinfiel. Verflixt aber auch. Warum lernte sie nicht, daß dieses Losrennen gefährlich war und mich nur wütend machte? Zornig wendete ich sie vom Weg herunter und ließ sie eine lange Wiese in entgegengesetzte Richtung zurückgehen. Schön langsam. Dabei war unser Haus schon in Sichtweite gewesen.
Inzwischen fiel der Schnee so dicht, daß ich keine vier Meter weit mehr sehen konnte. Dicke, nasse Flocken umwirbelten uns und blieben glitzernd, halb schmelzend, halb eine dünne Eisschicht bildend, auf dem Gras liegen. Meine Schultern waren verkrampft vor Nässe und Kälte und so hoch wie nur möglich gezogen. Die Füße fühlten sich kalt und eingeschlafen an, und meine Hände schmerzten, als ich am Ende der Wiese wieder wendete, auf das geringste Eilen von Flieder abermals umdrehte und wieder und wieder verdrossen hin und her ritt. Wie lange würde Flieder brauchen, um nachzugeben und ruhigen Schrittes nach Hause zu gehen?
Vorsichtig und hoffnungsvoll lockerte ich den Zügel nach dem nächsten Wendemanöver in Richtung Stall. Ich wagte kaum, mich im Sattel zu rühren. Doch Flieder stürmte abermals, sobald sie spürte, daß kein Zügel sie allzu stark bremste. Also gut: Es gab keine Zeit mehr – keinen Heiligabend – keine Dusche – keine warmen, trockenen Klamotten – kein Bett – keinen Tee. Statt dessen hatten wir hier zeitlos bis in alle Ewigkeit bei scheußlichem, nassem Schneegestöber diese verdammte Wiese hinauf- und hinunterzureiten – hin und her – her und hin.

Wie lange? Ich weiß es nicht. Eine halbe Stunde, eine Stunde, vielleicht auch nur Minuten? Jegliches Zeitgefühl kam mir abhanden.

Schneeflocken behinderten die Sicht und klatschten kalt und naß in meine Augen, die Reitjacke weichte langsam durch, ebenso die Reitstiefel. Meine Hände waren ohnehin längst abgestorben, der Körper hing wie ein Kartoffelsack auf dem Pferderücken. Die Wiese wurde rutschig, während unaufhaltsam mehr und mehr Schnee fiel. Ich konnte gerade den Boden vor uns erkennen. Seitlich waberten dunkle Schatten: der Wald und die Bäume. Dabei war es weder dunkel noch grau. Statt dessen herrschte eine diffuse Beleuchtung, denn irgendwo stand immer noch eine fahle Sonne am Himmel und sandte ein gelbliches, merkwürdig verwunschenes Licht, gegen das die wirbelnden Flocken sich als schwarze Punkte abzeichneten, die erst kurz über dem Erdboden weiß aufleuchteten. Der Schnee nahm nicht nur die Sicht, sondern schluckte auch alle Geräusche. Außer dem etwas gurgelnden Laut von Flieders Hufen im aufgeweichten Wiesenboden und dem Knatschen des Sattelzeugs war nichts mehr zu hören.
Plötzlich jedoch ertönte ein seltsames, fremdartiges Geräusch von irgendwoher, ein schwingendes Singen, melodisch und rhythmisch. Verwirrt hob ich meinen Kopf. Was war denn das?
Nun war es hinter uns – dann über uns. Verblüfft und staunend weiteten sich meine Augen. Aller Ärger, alle Verkrampftheit fiel augenblicklich von mir ab.
Dicht über unsere Köpfe hinweg flogen, uns fast mit ihren Flügeln berührend, ein, zwei, drei, vier, fünf, sechs – sieben – tatsächlich:
Sieben wilde, weiße Schwäne.
Verzaubert starrte ich hinauf.
Aber so ätherisch weißglänzend und schön sie auch waren in Schneegestöber und seltsam goldenem Licht, verschluckten die wirbelnden Flocken sie doch augenblicklich wieder, wäh-

rend das Geräusch ihrer Schwingen ein paar Sekunden später im Irgendwo verklang.
Selbstvergessen und sehnsüchtig lauschte ich ihnen noch eine Weile nach, während aus irgendeinem Grunde Tränen meine Wangen hinunterliefen - oder kam das nur vom Schnee und der Kälte?
Flieder eilte den Schwänen hinterher, und ich ließ sie ungehindert rennen, wünschte doch auch ich, ihnen zu folgen - sie wenigstens noch einmal sehen zu können - als ein schrilles Wiehern mich zurück in die Wirklichkeit brachte. Flieders Bruder hatte uns gehört und begrüßte laut und überschwenglich seine Schwester. Ohne daß ich es gemerkt hatte, waren wir nämlich bereits am Stall angelangt.
Fast trugen mich meine steifgefrorenen Beine nicht mehr, als ich absaß, Flieder absattelte und in ihre saubere, weiche, strohduftende Box führte. Schnell noch bei dem Wallach die Einstreu gerichtet, dann Heu, Hafer, Äpfel und Möhren verteilt.
Endlich konnte ich leise hinter zwei zufriedenen Pferden die Stalltür schließen und mich in meine warme Wohnung begeben.
Es gab ihn also doch noch: den Heiligen Abend, heißen Tee und alles andere auch.

Epilog

Die Frau verschwand zu meinem Bedauern nach kurzer Zeit wieder. Ich verlor eine angenehme und unterhaltsame Freundin. Auch im Büro sah man sie gar nicht gern gehen, denn sie arbeitete wie der Teufel. Doch plante sie damals eine Weltreise, und wie ich sie kenne, hat sie ihren Vorsatz verwirklicht.
„Besuchen Sie uns, wenn Sie zurückkommen“, bat ich sie beim Abschied.
„Verzeihen Sie mir“, antwortete sie mit einem bedauernden Lächeln, „ich kehre niemals dahin zurück, wo ich einmal gewohnt habe. Wenn ich längere Zeit an einem Ort war, interessiert er mich nicht mehr. Aber man soll nie nie sagen. Vielleicht komme ich ja doch wieder. Dann besuche ich Sie selbstverständlich. Und ganz sicher werde ich schreiben.“
Ich erhielt nie einen Brief und habe seit Jahren nichts mehr von ihr gehört.

Als aber meine Kinder kürzlich den Wunsch äußerten, mit unserer weißen Ponystute Schneeball an einer Springprüfung teilnehmen zu dürfen, sprach ich erstmals ein Machtwort.
„Hört gut zu!“ sagte ich, „wenn ihr springen wollt, so versucht es mit ihr. Ich habe auch nichts dagegen, wenn ihr Springunterricht nehmt oder von mir aus auch Dressurstunden – was immer ihr wollt. Doch keines unserer Ponys startet auf irgendeiner Prüfung. Ich möchte nicht, daß die beiden plötzlich nicht mehr gut genug sind, weil sie vielleicht den Dressur- oder Springanforderungen in irgendeiner Prüfung nicht gewachsen sind, oder sich als zu klein erweisen, nicht die richtigen Nerven haben – was weiß denn ich?“
„Ja, aber Ulrich, weißt du, der Nachbarjunge, der schon einige Konkurrenzen in L-Prüfungen gewonnen hat, der meint, Schneeball hätte Talent. Wir müßten sie nur mal richtig anpacken und trainieren. Und Bonito könnte auch ganz gut Dressur gehen, wenn wir nur etwas regelmäßiger üben wür-

den. Ulrich, der hat wirklich Ahnung, und er sagt, es wäre eine Schande, solche Talente auf der Weide verkommen zu lassen", meinte meine Tochter, und mein Sohn fügte hinzu: „Denk doch mal, der Ulrich hat schon zwei Pferde so gut geritten, daß er sie jeweils für den doppelten Preis weiterverkaufen konnte, so wertvoll sind sie geworden."
„Pah, wertvoll – und was heißt hier 'auf der Weide verkommen lassen'? Fragt doch mal Schneeball und Bonito, was sie davon halten!" schnauzte ich wütend zurück. „Ihr könnt draußen im Gelände oder hier in der Bahn probieren, was immer ihr wollt, vorausgesetzt, ihr habt Spaß dran und die Ponys sind nicht dagegen. Aber keine Prüfungen, keine Turniere, kein Ehrgeiz, der auf dem Buckel der Tiere ausgetragen wird. Und wenn wir unsere Ponys nur bewundern, wie sie auf der Weide laufen. Das geht niemanden etwas an. Das ist allein unsere Sache. Hauptsache, sie fühlen sich wohl, und ihr habt Spaß an ihnen. Macht doch selber Hürdenlauf, joggt, quält euch mit kunstvoller Gymnastik – von mir aus trainiert für die nächste Olympiade, gewinnt oder verliert. Bloß laßt die Ponys aus dem Spiel. Ich verbiete euch, euren Ehrgeiz auf die Tiere zu übertragen. Wenn euch das nicht paßt, schaffen wir die Pferde eben wieder ab. Und damit basta!"

Fürs erste fügten unsere Kinder sich Gott sei Dank. Es scheint, sie haben mich ein wenig verstanden, nachdem ich ihnen die Geschichten meiner Kollegin zu lesen gegeben habe.

Inhalt